じい散歩

藤野千夜

双葉文庫

じい散歩　目次

第一話　秘密の部屋

1

深夜、おかしな物音がして目を覚ますと、横の布団に正座をして、妻の英子が泣いていた。

十一月で八十八になる老妻だった。もちろんそれを言うなら新平のほうは十月で八十九になる、もっと立派な老夫だったけれども。

どうした、と訊くと鼻をすすり、なんでもない、と妻は言った。コンセントに挿した平たい常夜灯のオレンジにぼんやり照らされる中、両手で顔を覆って、二、三度首を振り、また短く鼻をすする。

「なんだ？　大丈夫か？」

さっきより目を大きく開け、首を傾け、はっきり訊くと、

「うん。大丈夫」

と、ようやく新平のほうを見て言い、英子は丸い体をころんと横たえた。掛け布団の作っていた空洞に、うまく足から潜り込むと、布団の端を摑んで、さっと顎の上まで引き上げる。なんだかそういう珍しい動物がいるみたいに。

おやすみ。新平が声を掛けると、おやすみなさい、と言った。

朝九時にはもう、けろっとなにごともなかったような顔をして、お手洗いに立ち、顔を洗い、着替えをしていたから、新平はなにも訊かなかった。

自分の布団を畳み、マットレスの上で、いつもの体操をするのに忙しい。お尻をつき、両足をVの字に広げ、上体を倒す。右足に二回、左足に二回、正面に二回。これを五セット。

できるだけ膝を曲げず真っ直ぐに、と昔のテレビ体操なんかでは教わった気がするけれど、何年か前に参加した区の健康講座では、無理をしないで、膝は曲げてください、と若くて屈強なインストラクターさんが言った。高齢者向けの講座だったからかもしれない。

上体を起こし、頭のうしろに両手を当て、体を左右にひねる運動も同じ。決して無理はせずに、と言われている。まず左に二回ひねったら、次は右に二回。左右は必ず、同じ回数だけひねるように。これも五セット。

健康講座で教わったストレッチ体操をベースに、自分なりに手直しして、病気予防や、これまでの病歴に合わせた対症療法的な運動もつぎつぎ付け足していくと、いつのまにか一通り終えるのに、毎朝四十分から四十五分ほどかかるようになった。

肩を回したり、腕を上げたり、下ろしたり。あぐらをかいて足首を回し、アキレス腱を伸ばし、手首をぶらぶら、ぶーらぶら。べろを出して、ぐるん、ぐるんと回す表情筋の訓練は、お昼の情報番組を見ていて真似することにした。

「ママもやったら。体操」

たびたび妻のことも誘ったけれど、

「いいえ、どうぞおひとりで」

運動嫌いの英子はしれっと答え、すぐにキッチンやお手洗いに立ってしまう。ただの一度も、真似さえしてみようとしなかった。

「そんな長いの、よく覚えてられるわね」

英子は半ば呆れ、半ば感心したように言ったけれど、新平にすれば日課だったし、いくら長くなっても、自分で付け足し、自分で考えた体操だ。覚えられて当然だった。

新平と英子は同じ町の出身で、小さい頃から顔見知りだった。家も近い。どちらの家族も兄弟姉妹が多く、新平のすぐ下の妹、さとえの小学校の同級生だったのだ。夏に揃って川遊びをしたこともあった。

彼女が十一歳のとき、両親がつづけて亡くなり、先に家を出て東京の郵便局で働いていた姉、ひい姉ちゃんのもとから女学校に通わせてもらうことになった。以来、長い休みに戻った姿を見かけることはあったけれど、新平が「おう」と声をかけると、途端に走り去ってしまう。どうしたのかと不思議に思いながら、父親の仕事、大工を手伝い始めたばかりの新平に、古い顔見知りを懐かしむ時間はそれほどなかった。

二人がつぎにはっきり顔を合わせたのは、彼女が女学校での勉強を終え、郷里に戻って郵便局で働きはじめてからだった。長兄が継いだ、農業を営む英子の実家の改築を、新平の父親が引き受けたのだ。新平もその手伝いで毎日家に通えば、親しさは蘇り、愛しさは増し、英子のほうだってもう、声をかけられて逃げ出す年齢でもなかった。

好意を告げたのはどちらが先だったか。

成長した新平は長身でがっしりと体格がよく、一本気で頼りがいのある青年になった。一方、目抜き通りの郵便局で働く英子は、すぐに小首を傾げ、ぽかんととぼけた顔をし、と、いくらか上品ぶった振る舞いは目についたけれど、やはり東京帰りの美しい娘で、高嶺の花、と大勢からもてはやされた。

すぐに両想いになった二人は、北関東ののどかな山間の町で、交際をはじめた。

新平が十七歳に、英子が十六歳になる年だった。

2

ヨーグルトにきなこ、すりごま、干しぶどうを入れたものをカフェオレボウルにたっぷり一杯。

それから梅干しを一粒。米ぬかを煎ったものをスプーン一杯。はちみつスプーン二杯。

朝十時、新平はこの順番で食べ終えると手を合わせ、ごちそうさま、と言った。

お父さんって、健康おたくよね。

今はよそに住む、孔雀(くじゃく)のように華やかな色を好む次男にそうからかわれるけれど、これも新平が独自に考えた、朝食のメニューだった。

毎朝この食事をする。

おかげで体調はよかった。

「それだけじゃお腹すくでしょ。鳥じゃないんだから」

朝から餅入りのうどんを食べる英子に、それぞれの食品の効能を話して聞かせるのは何度目だろう。

べつに一日中、三食それを食べろという話でもない。むしろ一日一回、朝食で必要な栄養素を摂れば、あとの食事をのびのび楽しむことができる。新平が長い生活の末、辿り着いた健康の理屈だった。

でもこの理屈は、三食のびのび、好きなものをげっぷが出るまで楽しむ英子に通用するはずもなかった。

老眼鏡をかけ、新聞を読み始めると、「お父さん」と英子が言った。

「なに」

「今日、雄三(ゆうぞう)が話があるって」

「話って？」

「さあ、なにかしら」

「金だろ？」

三男からの急な相談は、金の無心に決まっている。他には考えられなかった。

「もう駄目だろ、あれは」

「そう言わずに、話だけでも聞いてあげたら」

「話？」

新聞から顔を上げて、ほんの少し顎を引くと、新平は廊下のほうを見た。「だってまだ寝てるんだろ、どうせ」

「なんか、今日は仕事お休みだとかで」

一人暮らしをしていた三男が、戻って来てもう半年になる。

「問題外だな」

「お父さん、このあといますか」

「今日？　家に？」

「ええ」

「いや、出かけるよ」

新平が金の無心を断り続けているから、三男は甘い英子にこっそり仲立ちを頼んだのだろう。今までも、そのやり方でどうにか思いを遂げてきた。そのくせ人の都合に合わせせられるよう、ひとまず早起きしておこうという気さえないのが腹立たしい。「それにもう金なんかないって。なんも。すっからかん。ゲルピン。全部あいつに貸した、おまえに頼まれて」

「またあ」

「またあ、じゃないよ。おまえが考えるより十倍は貸してる」

「いくらよ」

金額を教えると、嘘でしょ、と英子は目を丸くした。

「なんで甘いかね、あいつに」

新平は首を振った。金の無心は外で暮らしていたときからつづいていて、当時は雄三から電話があると、「間違いなく本人からの電話のぶん、オレオレ詐欺よりタチが悪い」と英子と話していた。

英子自身も、五万、十万と少額ずつながら、へそくりをずいぶん引っ張られたはずなのに、四十八歳、独身の三男が一人暮らしをやめて、家に戻ったのを喜んでいる。

「庭に水やり終わったら、散歩に出かけるからな」

朝十一時、わざわざそんな宣言までして、ゆっくりエビネと胡蝶蘭(こちょうらん)の手入れをし、居間に上がっても三男の姿はなかった。

予定通りに散歩の支度をして、お手洗いを済ませ、居間を覗く。

「ほら、足腰が弱るよ」

体操は嫌でも、せめて散歩に同行するようにと丸い体の妻を誘うと、ちょうどBSの韓国ドラマを見ながら昆布茶を味わっている最中だったようで、湯呑みをほんの少し下げ、ぺろっと舌を出し、首を横に振った。

「行かない?」

「行かない」

今度は笑いながら答えて、また湯呑みに口をつけた。自分の運動不足は、ちゃんと承知しているようだった。

「そう……。孝史(たかし)は?　おまえもたまには外出たら?」

同じテーブルに長男の孝史もいたので誘うと、

「行かない」

こちらはぷいと、横を向くように言った。小さな顎に、針金のような長い黒い毛が二、三本見える。生活態度について、少し前に新平が意見をしたから、それをまだ怒っているのだろう。

幼い時分から体が弱く、神経質で、対人恐怖の気(け)があり、ほとんど不登校で高校を中退したあとは、ずっと定職に就かないまま家にいる。もう五十二歳だった。

「なにかいる?」

「お饅頭(まんじゅう)」

新平の短い質問に、英子が素早く答えた。散歩のお土産のことだった。

新平はうなずくと、玉のれんをじゃらじゃらと鳴らして廊下へ出た。それから思い直して、顔だけ覗かせると、

「散歩のあとは事務所にいっから、用があるなら、そっちに来いって雄三に言っといて。ただし、金は絶対貸さないから」

そう居間に声をかけた。

玄関脇の階段に、田舎の知り合いから買ったうどんだの、送ってもらった醤油だの、大量すぎて減らないどんこだの、調味料や食品類の入った箱がいくつも置いてある。おかげで階段の通れる幅は、いつだって半分しかない。なんど注意し

ても直らないから、ずっとこのままだろう。

スタンド式の帽子掛けから、お気に入りの白いハンチングを取ってかぶる。毎年恒例、兄弟会のバス旅行で、男兄弟が全員ハンチング姿なのは、新平がさらっとかぶってあらわれたこの帽子に、みんな憧れたからだ。

あんちゃん、それいいな、どこで買った、ちょっと貸して、あんちゃん、いくらすんの。新平は明石家、男五人女四人きょうだいの長男だった。

本来、地元に残って家業を継ぐはずだったのに、二十代前半で英子と駆け落ちした。

郷里ではずっとそう言われていた。

3

「新平さんは、どういうつもりで英子と会ってるの？」

玄関先でいきなり訊かれ、新平は首筋にじんわり汗をかいた。英子と付き合いはじめてすぐ、東京で彼女の面倒を見ていたお姉さん、ひい姉ちゃんが帰郷して、新平の家を訪ねて来たのだった。

昭和十七年だった。

ひい姉ちゃんは英子より十歳以上年上で、姉というより、母親がわりだった。純粋に心配で訪ねて来たのか、それとも本心を探ってほしいと英子に頼まれたのか。いずれにしろ問われたことの重さを真剣に考え、考え、考えて新平は真っ直ぐ顔を上げた。

「七年待ってください。七年経ったら結婚します」

「七年？」

大工の棟梁をしている父親のもと、あと七年みっちり修業を積めば、一人前になれると計算したのだった。一人前になれば、所帯だってもてる。

その計算も説明すると、ひい姉ちゃんは了解してくれた。

椎名町（しいなまち）の自宅から池袋まで、もうすぐ八十九歳の新平の足でも、だいたい二十五分くらいだった。

もっとも新平はかくしゃくとして、七十代、七十九歳くらいに見えるけれども。実際、よく体を鍛えているぶん、まだその頃の脚力は維持しているのだろう。

昔は川だったタイル敷きの遊歩道を、ぶらりぶらりと行く。細い道幅に植え込みがたっぷりあって、植木がくねくね道のコースを作っている。

真っ直ぐ行ってあちらへくねり。また真っ直ぐ行って、今度はこちらへくねり。両脇の建物は、一軒家よりマンションが多くなった。昔なじみの銭湯も、いつの間にかビルの一階に、こぢんまり収まっている。ちょうど園庭の手すりが見える幼稚園は、お休みかと思うくらい静かだった。

校舎に蔦（つた）のからまる立教大学へとつづく通りを曲がる。

ふと思い立って路地を折れ、江戸川乱歩邸の前まで歩いた。

平井（ひらい）姓の表札がかかった門柱と、ゆるくカーブを描く、玄関までのしゃれたアプローチ。ガラスタイルで囲われた、広々とした玄関口と、薄茶色いタイル貼りの洋館に目を細める。

ちょうど観覧日だったので、砂利道に敷かれた丸い飛び石を踏み、新平は庭のほうへ進んだ。洋館の裏手へ回ると、何度か訪れた庭から、書庫になった二階建ての土蔵、天井の高い洋館の応接間を硝子（ガラス）越しに見ることができる。乱歩は戦前から、昭和四十年に亡くなるまで、ここで暮らしたそうだから、だいたいその頃の様子だろうか。マントルピースのある応接間の、窓枠の白とソファの青が美しい。

いい目の保養になったと乱歩邸を出ると、アートや文学、ちょっとだけエロスもある古書店、夏目書房にも立ち寄る。

さらに向こうの文庫専門書店、文庫ボックスで、いい本がないかと物色。小説の文庫を一冊買って、カバーをかけてもらった。

馴染みにしている喫茶店に寄ったのは、もう午後一時だった。

壁に大きくブラジルの国旗がかかった店内に、席が空いているのを確かめ、奥の注文カウンターへ進む。アルバイトの若い女性に、コーヒーと玉子トーストを注文した。白いブラウスにセンターで分けた長い黒髪、どこか儚げな笑顔が魅力的な女性だった。お名前は？　と前に新平が問うと、恥ずかしそうに下を向いて首を横に振った。九十歳近いおじいさんにナンパされておかしかったのか、いつもより大きく笑っていた。名前はまだ知らない。

一品が二百円ちょっと、二品でも小銭で済む会計をその場でしていると、すぐにマスターが横からコーヒーを運んできた。豆のことを訊ねると、早口でなんでも教えてくれる陽気なマスターだった。彫りの深い顔立ちをして、青白ストライプのシャツを着ている。店の奥が焙煎室になっていて、そこで挽いた豆を店内で販売もしている。

砂糖とミルクをたっぷり入れたコーヒーを、新平は自分の決めた席に運び、すっと一口飲む。豆を煎って粉を挽き、お湯を注いで濾したものを飲もうだなんて、一体誰が言い出したのだろう。

うまい。

産地別、ブレンド別のコーヒー豆が入った透明な筒型キャニスターが、奥と手前、店を二つに分けるようにずらりと並んでいた。あちらとこちらで不揃いな椅子やテーブルは、どれも年代物で、よく使い込まれている。カウンターの向こう、オーブントースターに分厚いパンがセットされるのが見えた。

新平が注文した玉子トーストを、いよいよ焼きはじめるのかもしれない。

七年経ったら結婚します。

その約束に怒ったのは新平の母だった。あんな気取った娘、うちにはいらない。前から気に入らなかったけど、お姉さんを寄越して、あんたを脅すなんて、もう許せない、と。

怒りは完全に英子に向けられていた。

「脅されたわけじゃない」

「いや、脅された」

「俺のほうが待ってもらう話だよ」

「やめなさい。あんな娘。いますぐおやめ！」

「やめるもんか！」

新平は昔から意地っ張りだった。一度自分がこう、と決めれば、それを貫き通す。たとえ窮屈でも、大変でも。理不尽にやめろと言われると、なお反発した。

ただその性格は、もとより母から受け継いだものだった。その喧嘩めいたやり取りをして以降、母は余計に意固地になった。新平の嫁に英子はふさわしくない、絶対に結婚させない、と、ことあるごとに言いつづけた。どうせあっちだって、七年も待っていないだろうがね、とも。

結婚する、と決めた意地っ張りと、させない、と決めた意地っ張りとの闘いは、ほどなく新平が工場に徴用されたことで一旦やむことになった。

大工の修業を休んで、鍛錬工場で働かなくてはいけない。溶鉱炉を赤く燃やし、鉄鋼を鍛錬する工場だ。新平は、そこで二年半働いた。やっと離れることになったのは、「赤紙」と呼ばれる召集令状が届いたからだった。

出征の朝、駅には新平を見送りに四人の若い女性があらわれた。

　うち三人は鍛錬工場の女工さんで、一人は手作りのタバコ入れを、もう一人はお弁当を作ってきてくれた。そしてもう一人、細面（ほそおもて）の可愛らしい娘が、千人針を縫ったさらしと、武運長久、と血文字で記してある日の丸を差し出した。

「これは、どうした？」

「小指を」

　切って、その血で書いたのだという。まだ傷跡も生々しい右手の指を立てた若い女工に、そう、ありがとう、と新平は礼を言った。

　そしてホームには、もちろん英子もいた。目に涙をいっぱいためて、小さな針箱をくれた。なんてきれいな目をした人かとあらためて思ったけれど、未練になりそうでそのことは言わなかった。

　連隊のある赤羽までは、新平の父親と、五つ離れた弟の定吉（さだきち）が一緒に来てくれた。途中、土浦を過ぎたあたりで列車が空襲に遭って急停止した。霞ヶ浦の飛行場を攻撃に来た敵機かもしれない。車両の床にしゃがみこんだ定吉が、座席に隠れるような低い体勢で、なむあみだぶつ、なむあみだぶつ、と何度も唱えた。新平はそのまま真っ直ぐ背を伸ばして、席に座っていた。

　赤羽では、爆弾をかかえて戦車の下に走り込む訓練をした。

爆弾、というより、火薬の詰まった木箱だった。重さが十キロ以上あり、導火線を引くと爆発する。荒川土手で、その木箱を抱えて走り、実際に爆発もさせた。

死にたいとはまったく思わなかったが、死ぬ覚悟はできていた。言われたことならやるけれど、自分からお国のためになにかをするといった意識はなかった。むしろ嫌なこったと思っていた。でも、これはこれで、もうそういう運命なんだと新平は悟った。

訓練を終えると、隊は熊本へ向けて出発した。

敵の戦車が上陸したら、爆弾を抱えて、その下に走り込んで導火線を引く。引かなくても踏みつぶされて爆発できるのかもしれない。

山中に潜んでその機会を待ち、どれほど経っただろう。やがて新平を含めた三人が、食糧を調達するよう命じられた。雑嚢(ざつのう)を背負い、おそるおそる峠を越して行くと、戦争はもう終わっていた。里の民間人に新聞を見せてもらって知った。

八月の十七日だった。

慌てて隊に戻ったときには、そちらも解散済みだった。炭焼小屋に隠れていた三百人ほどは、まるで夢のあとのようにすっかり消えていた。待っている者はおろか、書き置き一つなかった。

新平は唇をとがらせ、ふん、と一回鼻を鳴らした。

ふんどしを五本持って入隊したが、すぐに荷物から替えが全部消えてしまった。残りはつけている一本だけになった。軍隊なんてそんなところだ。どろぼうだらけだと新平はずっと思っていた。

雑嚢の中に、靴下に入れた生米を持っていたから、取り残された三人でそれを分け、かじりながら帰った。途中の農家でかまどを借り、ようやく煎った米を食べることができた。そうして辿り着いたのは鹿児島本線の駅だった。

切符を買うお金なんてなかったから、着払いで、と無理を言って乗せてもらった。すでに客車は満杯で、外に掴まるしかない列車だった。あるいは石炭車に乗って、ずり落ちないように気をつけるか。

一体どれほどその列車に掴まっていたのか、やがて博多駅で降ろされ、駅前の広場で野宿をした。一緒にいた二人とは、いつの間にかはぐれていた。

つぎの日もまた客車には入れず、外に掴まったまま、水がじゃぶじゃぶとしたたる関門トンネルを通った。広島で乗り換え、そのまま寝ずに大阪から名古屋へ。いよいよ限界、と客車の手すりに体をロープでくりつけて眠った。中にいた小父（おじ）さんが、兵隊さん、どこから？　とおにぎりをくれた。

東京駅についたのは八月二十三日だった。

そこから郷里へ帰り、ススだらけ、シラミだらけの服と、体を釜で煮てもらった。

風呂に入ったというより、煮てもらったという心境だった。幸い懐かしい町の風景に、戦火の被害はほとんど見られなかった。


ゆで卵のみじん切りに、たっぷりマヨネーズを混ぜ、表面をかりっと焼き、パセリを散らした分厚い玉子トーストは、一体どうしてこれが二三〇円で提供されているのかわからない。いい味だった。

けれど、あまりにゆっくり届くので、頼んだのをうっかり忘れそうになる。新平はコーヒーだけ飲んで、お店を出そうになったことが二回あった。

四つに切り分けてあるトーストをつまみ、口を三角に尖らせて食べる。朝の体操とゆったり散歩、それとヘルシーな朝食のおかげで、マヨネーズたっぷりの一枚を、好きな時間に楽しむことができる。その理屈を、どうして英子は理解しようとしないのだろう。

カウンターまで自分で食器を返しに行き、なじみの女性にしっかり挨拶して喫茶店を出ると、あとはぷらぷらと駅界隈を歩いて回った。三原堂でお饅頭と最中を買い、東口に向かってタカセであんみつドーナツを買って、家へのお土産にする。そもそも新平自身、無類の甘い物好きだった。

事務所についたのは三時前だった。

一〇一号室にひとまず荷物を置くと、集合ポストを覗いてゴミを拾い、アパートの前を箒で掃いた。

今は上下三室ずつある賃貸のアパートになっているけれど、もとは新平が最初に建てた自宅だった。

そして設立した会社「明石建設」の事務所もここにあった。

4

ワンルームの小さな流しでお湯を沸かし、いつのものかわからない、香りの飛んだお茶っ葉で日本茶を淹れた。

硝子の応接テーブルに、お茶と三原堂の薯蕷饅頭を置いて、さっそく一人でいただく。皮に自然薯を練り込んだこしあんの白いお饅頭は、皮の食感がふんわりとなめらかで、さらにしっかり山芋の味がして嬉しかった。

長椅子が一つと、一人がけの椅子が二つ。その間にテーブルがある。文庫ボックスで買った本を片手で開き、そこでぱらぱらとめくる。

通りに面した窓際には、パソコンの載った事務机が一つと、背の高いスチール戸棚が一つ。反対側に古いお皿や茶碗が入った、花柄の食器棚がある。

テレビは奥のキャスター台に、地デジ対応のものに換えて載せてある。VHSとβ（ベータ）のビデオデッキも、以前のまま置いてあった。

十年ほど前までは、まだ昔の仕事仲間が遊びに来て、

「よ、社長、なんかいいのない？」

なんて、ビデオを見たがったものだけれど、三人いたそういう仲間のうち、二人は亡くなり、あと一人はずっと入院している。

薯蕷饅頭をぱくっと一ついただき、お茶を半分ほど飲むと、新平は事務机へ向かい、パソコンを立ち上げた。以前は、アパートの店子（たなこ）に詳しい青年がいて、自作のパソコンを格安で譲ってくれたのだけれど、青年が部屋を出て行くと、誰もメンテナンスができなくて困ってしまった。

「おい、事務所のパソコン、ちょっと見てくれ」

次男が帰っているときに、何度も相談した結果、

「Ｍａｃならわかるから、Ｍａｃにして！」

と、一昨年だったか、お正月三日に池袋のビックカメラに買いに連れて行かれた。それからパソコンのことは全部次男に訊く。

「おい、建二（けんじ）。写真がなくなった」

パソコンに取り込んだデジカメの写真を見つけられず、次男のところへ携帯で電話をかけた。新平が進んで携帯を使うのは、そんなときだけだった。あとはかかっても無視。写真の件は、試しにやってみて、と言われた方法を試すと、無事もとに戻ったので、もうそのまま連絡はせずに、作業に集中した。

以前は、事務の仕事をしていた机だった。

明石建設の名入りの白い封筒がどっさり置いてある。新平はへんなところがマメな性質で、それを普通の事務封筒として再利用できるように、暇を見ては社名の部分をいちいちマジックで×していた。けれど、実際はもうあまり郵便や封筒を利用する機会がない。社名を×で消された封筒が一束、なかなか減らずにデスクに残っている。

自宅の三畳間に事務所を構え、「明石建設」を興（おこ）したのが三十前だった。すっ

ぱりやめたのは、七十代の頃だ。

それからここは、事務所という名の管理人室、または大家の部屋となり、同時に新平の趣味の部屋になった。


やだ、お宝発見！

池袋でパソコンを買ったお正月、一緒に事務所まで設置を手伝いに来た次男坊が、人のスチール戸棚を勝手に開けて笑っていた。

わお！ と大きな口を開け、指の反ったおかしな手の広げ方をして。

そしてぱしゃぱしゃと写真を撮ると、それを自分の親しい親戚の娘たちにメールだかＬＩＮＥだかで送り、「お父さんの秘密の部屋♡」と教えたらしい。

そのお正月、郷里では親族みんなでその写真を楽しんだとあとで聞いた。

「べつに秘密なもんか」

新平は、かっ、と笑った。一人で自由に過ごすうちに、趣味のコレクションがどんどん増えただけだった。

自宅にはちょっと持ち帰りづらいようなものは、すべて事務所で開き、ゆっくり楽しんでいた。

ヌード写真集、春画、エロ小説、民話、動画。雑誌のグラビアを切り抜いたスクラップもあれば、カメラに凝り、自分で撮影、現像した写真もある。

背の高いスチール戸棚を開けると、中にそんなものがぎっしり詰まっている。ここをアパートに建て替えてからの、二十五年……約三十年ぶん。『裸婦百態』『失楽園（コミック版、漫画／牧美也子）』『モア・リポート』『エロティック美術館』『裸婦とクロッキー』『女性のためのSEXレポート』『図説エロスの世界』『図説20世紀の性表現』……新平に言わせれば、次男が写真におさめたのは、せいぜい一番前の列にある、大きめの書籍のタイトルぐらい。地層で言えば表面だろう。

お宝はその奥にある。

息子が三人いて、誰も家業を継がなかったことを、新平はそれほど残念には思っていなかった。

何度もつぶれそうになって冷や汗をかいた会社だったし、自分が好き勝手をしてきたのに、子供には親に従えとは言えない。英子もそれは同意見だった。どちらも郷里を出て来た人間だからかもしれない。

なにより事業の跡継ぎどころか、息子たち三人とも、五十歳ほどになって一人も結婚せず、子供もいなかった。

「どうすんだ、この家」

お正月、おせちやお雑煮を食べながら新平が言い、

「いいんじゃないの、未来は考えなくても」

「いやあ、絶えますねえ、このまま」

「………俺は知らない」

「やあねえ、三人とも、しっかりして」

などとのんきに話すのが、最近では明石家の恒例になっていた。

子育てには、完全に失敗した。

長男の孝史はほとんど部屋に引きこもっているし、フラワーアーチストだという次男の建二は、いつもひらひらの服を着て、赤青二色の、奇妙なおかっぱ頭をしている。高名な先生のアシスタントから独立して、フリーになった三十歳の手前からは、住まいも仕事場も、自分でよそに借りていた。男性を恋愛対象にしていることは、老いた新平もさすがにだいぶ前から承知していたけれど、本人がそれでいいならいい。それもまた人生だろう。

そして三人目が到着した。

「お父さん、お願いします。このままだと会社がつぶれてしまいます」

昔からくまのプーさんのぬいぐるみときらきらのアイドルが好きな三男は、すでに半泣きの低い声で言った。生活習慣病まっしぐらというほど脂っこい食べ物が好きで、一メートル二〇はありそうな胴回りをしている。それでも何年か前までは、きちんと堅い会社のサラリーマンをしながら、趣味でアイドルおっかけをしていると思っていたら、いつの間にか会社を辞め、グラビアアイドルの撮影会を主催する会社を興していた。

事務所兼スタジオを都内に借り、有料のグラドル撮影会を毎週土日に開催し、それ以外の日にもファンミーティング、ファンイベント、ネット配信番組の公開生放送、フットサル、演劇ユニット、ミニミニ映画制作、等々のイベントを企画。

これが毎月、大変な赤字らしい。もはや毎年ではなく、毎月。

とにかく年金とアパートの家賃収入があるのを見込まれたのか、趣味はご近所を散歩して、ふらふらと建物を見て回り、ひなびた喫茶店でコーヒーを味わうこと、あとは事務所にこもってのエロ写真整理ばかりのじじいなのに、三男からは何度も何度も資金援助の申し入れを受けて困っていた。

そのたびダメダメ、ムリムリ、やめてくれ、ふざけるな、と突っぱねながらも、毎回最後は英子に懇願され、結局は夫婦で甘やかした。

よそで大きな借金を抱えるよりはマシかと甘やかし、俺も自営の厳しさは知ってるよと甘やかし、夢を追うのはいいことだと甘やかし、生きてるうちが花と甘やかし、今度の撮影会には俺も行くからなと甘やかし、この前のモデルの子、くらもっちゃん、テレビ出てるなと甘やかし、まあ、なにごともある日きゅうに風向きが変わることってあるよなと甘やかし、やっぱ女っていいよなと甘やかし

……ここ数年で、貯金、預金、生命保険から相当な額を差し出すことになった。

「無理だって、もう、やめとけ、どんなに頼まれても、出すもんないから、すき家の食事券だってないって。俺が貸してほしいって」

新平の言葉になにか甘さが混じったのか、涙を流し、首をうなだれていた三男は、椅子を下りて土下座までしようとしたから、

「やめろ、くだらん」

新平は久々にカッとなり、大きな声を上げた。じつの息子にそんなことをされて貸す金があるのなら、もっと早くに出している。

「もうやめろ、そんなことより、自分一人でなにができるか、もう一回ちゃんと

考えろ。誰も助けてなんかくれないって、ちゃんとわかって絶望しろ。人と助け合うのはそのあとだ」

甘く育てておいてすまん、と心で五パーセントくらい詫びながら、新平は今回のお金の無心をつっぱねた。

「できないやつにやらせても可哀想だろ」

田舎であんちゃん、あんちゃんと慕われていた時代に、よくそんな生意気なことを口にしたのを思い出した。九人きょうだいの長男で、いずれ家を継ぎ、一族の面倒を見るつもりだった。それが戦争から命からがら戻り、ようやく再開した大工の修業中に怪我をして、しばらく療養。やがて逃げるように、東京へ出て働く恋人のもとへ走ったのだった。

二人で英子の姉の家に居候し、一時はアルバイトもつづかなかったのに、やがて会社を興し、軌道に乗せたのは、景気のおかげはあったにしても立派なものだろう。

ただ、それもそのときの自分の力と運、と新平は冷静に判断していた。

他の誰かに求めるものではないし、もちろん自分だって、二度同じことができるかどうかはわからなかった。

お茶を淹れ直し、うなだれた三男に「食え」と薯蕷饅頭を出すと、首を振ったので仕方がない、新平は自分が楽しみにしていたタカセのあんみつドーナツを差し出した。午後ちょっと遅くなると買えないことも多い、人気の菓子パンだった。砂糖をふった細い揚げパンに、あんみつの名の通り、あんこと二色の求肥が挟んである。

雄三が今度は受け取って、いきなりかぶりつく。ぐずぐず鼻水をすすりながら、三口で食べきったので、よし、と言った。

せっかく三兄弟の中では、唯一コレクションの趣味が近そうな三男に、自慢の写真集も見せようとすると、

「お父さんのコレクションは、雑食過ぎちゃって。僕にはちょっと」

案外冷たく拒絶された。

「そうか? こういうのもあるぞ」

絶対好みじゃないとわかりつつ、スチール戸棚から、同世代のエロ仲間には大受けだった昭和エロスのスクラップブックを取り出して持って行くと、もう偉そうにスマートフォンをいじっていた三男は、ちらっと一瞥をくれ、

「全然。ぴんとこないす」

と言った。

「ふっ。そうか」

休みの日には寝室に入って来て、おっきーろ、おっきーろ、と騒いでいた子供がずいぶん偉くなったもんだ。しかもさっきは、ここで泣いていたのに。新平は心底アホらしくなった。

「そういえばお母さんのあれ、大丈夫ですか。この前も、話がかみ合わないことが、少し」

よし、帰るぞ、と一緒に事務所を出かかったときに、太った三男が言った。やはり家のことを少しは心配していたのか。そしてこういう喋りをするときは、サラリーマンをきちんとしていたことを思い出させる。過敏な長男や、勝手に娘を気取る次男にはないところだった。

「ああ。大丈夫。たまーにな。年とったら、誰だって惚けるって」

新平は言った。ハンチングを置き忘れているのに気づいて、椅子まで取りに戻った。「先生に相談して、薬ももらってる。とにかく、お前たちが頼りにならないから、今は一日でも長く、俺が元気にしてないと」

あらためて事務所内を指差し確認して、でかい三男を先に外へ出した。

「でも、そろそろ駄目だよ、こっちの耳はずっと蟬が鳴いてるし。目だってよくない」

あとはお前が、と頼んでも、結局は本人の意識が変わらなければ無理なんだろう。

タクシーで、と大通りを目指しかけた三男を、バカか、と叱って歩かせ、六時半の夕食に間に合わせた。英子がご飯を炊き、たくさんの筑前煮を作ってある。新平はそれと佃煮（つくだに）でいい、と自分で用意し、三男は老母に豚肉を焼いてもらって、いただきます、が六時半だった。その時間に食事をしないと、繊細な長男は不安でおかしくなる。

お前もたまに風呂の掃除くらいしたらどうだ、役立たず、と一昨日、新平が感情的に叱ったことは、もう忘れてくれたようだった。

新平は夕食のあとはテレビを二時間見て夕刊をパラパラとめくり、ゆっくりお風呂につかった。出てからブラシとフロス、モンダミンも使って長い歯磨きをした。

就寝時刻は十一時だった。

「あんた、ゆうべどうして泣いてた」

寝室に布団を並べて敷き、新平は妻に訊いた。二人ともまだ布団の上に座っている。

「私ですか？　さあ、泣いてた？」

「ああ。泣いてたよ」

ふと、頭をなでてやりたく思う。長く、いろんなことがあった。新平は照れずになでることにした。今よりまだ妻が元気だった、三年ほど前の話だ。

第二話　秘密の女

1

事務所の呼び鈴が鳴り、ドアを開けるとすっきりと垢抜(あかぬ)けた、四十歳手前くらいの女の人が立っていた。

まだぎりぎり明石建設が仕事を請け負っていた頃だから、二〇〇〇年の前、平成十年前後だろうか。

ほっそりとして目が大きく、つばの広い、白い帽子をかぶっている。

「はい」

出迎えた新平が、当時で七十二、三歳。作業着やら事務服やらを着ているわけでもない、だぼっとしたセーター姿の、グレイヘアをきれいになでつけたおじいさんだったからか、女の人はわずかに驚いたような顔をしたけれど、すぐ気を取り直したように、

「これ」

手にしたチラシを新平に見せた。

「ああ、はい」

新平がうなずくのと、

「あのお宅でしょ」

女性が通りに視線をやって言うのが、ほとんど重なった。

「興味ありますか」

「ええ、すごく」

「家は見た？」

「今、外から。築」

「三十……九年」

「え？　四十三年って、ここに」

「あ、そう？」

チラシは明石建設が作ったものだった。通りを挟んだ向かいの長谷川（はせがわ）さんが、自宅を売りたがっていたから、新平が仲介を請け負ったのだった。不動産の取引に必要な免許は、もとから持っていた。一番手広く仕事をしていた頃には、住宅の設計、施工、販売まで一手に引き受けたこともある。

「どうぞ」

と、新平はとりあえず女性を招き入れた。エッチな本やビデオが置きっぱなしになっていないか、急いで確かめ、応接セットのソファを勧める。

「あ、お構いなく」

新平が流しに向かうと、帽子を脱いだ女性が素早く言った。肩までのやわらかそうな髪が、ゆっくりと揺れるのが見えた。新平はその言葉には構わず、湯沸かしポットのお湯で、さっとお茶を淹れた。

いただきます、とお茶に口をつけた女の人は、茶碗を置くと、

「あの家、本当にこの値段？」

桜色のきれいな爪でチラシを指した。印刷された価格は、確かにこのあたりの相場からすれば安いものだった。

「上ものが古いから、土地の値段だね。どうせ建て直すだろ」

「でも、まだしっかりした建物に見えたけど」

「うん、あそこはきちんと建ててあるから……」

新平もお茶を一口飲んだ。横から見ると、鳥のくちばしのように上唇がとがっ

ている。それは新平と、次男の建二に共通の特徴だった。

「ただ、きちんと建てても、築……四十三年じゃ、住んでみて、あれこれ不満が出るかもしれんでしょ。だったら、買った人が好きに建て替えたらいいって、はじめから買いやすい価格にね。売り主さんとも相談して決めたの」

新平は説明した。それに加えて、老夫婦だけの暮らしになった長谷川さんが、早く自宅を売り払って、夫婦で介護つきのマンションに越したいという事情もあった。その希望を聞いたとき、なるほど、そういう手もあったか、と新平はしみじみ思った。夫妻とも、新平たちより五つほど上なだけだった。新平が自宅をここに建てた翌年に越して来て、以来、長谷川さん一家はずっとお向かいさんだった。昔は元気な子どもたちと、大きな黒い犬がいた。

「あのままで住めないわけじゃないでしょ」

「もちろん、古いのさえ気にしなければ十分に」

建築屋から見ても、立派な家だと思うと、新平がセールストーク抜きの私見を述べると、女の人は大きくうなずいた。

「家の中、見る?」

「はい」

「じゃあ今から見られるか、ちょっと訊いてみるから」

新平は立ち上がると、事務机に向かい、受話器を耳に当てた。長谷川さんちの電話番号は、すぐ見えるところに貼り出してある。「今すぐがいいでしょ」

「できれば」

平たいプッシュホンで長谷川さんの家にかける。誰も出ず、留守番電話にも切り替わらなかった。

「ちょっと行ってくっから」

新平はお客さんを残し、事務所を出た。車と人がすれ違うのがやっと、といった幅の道を渡り、お向かいのインターフォンを何度も押す。

「はい」

ようやく、しわがれた声の返事が聞こえた。聞き取りづらすぎて、夫妻のどちらが答えたのかもわからなかった。

「家の中を見たいって人が来てるけど、今からいい?」

インターフォンで了解を取り、さっそく女の人に来てもらうと、中には夫妻ともいた。

「おじゃまします」

少し恐縮したふうな女の人は、新平に連れられて家の中を歩き、二階の窓から景色を長く眺めたほかは、ずいぶんあっさりと内見を終えた。日当たりと水回りについてだけ、夫妻に二、三質問していた。

そして事務所に戻ると、

「私、買うわ、あの家」

冷やかしでもなんでもなさそうに、きっぱり言った。

「気に入った？」

「うん、とても」

「じゃあ、これ書いて」

新平はとりあえず購入申し込みの書類を事務机から取り出して渡した。手つけを打つより前の希望書だったけれど、チラシを撒(ま)いてまだ数日だったから、もしこのままうまく契約にこぎつければなによりだった。売り主の長谷川さんも喜んでくれるだろう。もちろん新平だって、相応な額の仲介手数料が手に入る。

新平は新しくお湯を沸かし、お茶を淹れた。三原堂のお饅頭を買っておけばよかったと悔やんだ。

老眼鏡をかけ、女の人の書類を確認する。いくつか質問し、さらに本人にあちこち書いてもらい、ハンコがわりの署名をもらって申し込み書を完成させると、ふう、はい、と新平は言った。思いのほか書くところが多かったのか、女の人は、ふう、とため息をつく。でも実際、家は気に入ったのだろう。すぐ晴れやかそうに笑った。

「よく見るお顔ですね」

新平が言うと、女の人はハッと驚いたような顔をした。

「ええ……結構、長くやってます」

これは照れくさそうに言って笑った。テレビの二時間サスペンスや刑事ドラマなんかに、準主役クラスでよく出ている女優さんだった。敵役とか犯人役とか、的外れな推理ばかりする、近所の主婦役とか。番組名も役名も、とっさには思い出せないけれども。それでも芸名は知っていた。書類の苗字は違ったけれど、下の名前が同じで間違いないと思った。

結局、契約はそのまままうまくまとまり、それから事務所の向かいは、女優さんとその家族の家になった。

2

あなた、女がいるでしょ、と妻の英子に言われ、新平は思い切りどきりとした。英子がしくしく泣いた夜から、ほどない頃だ。

「は？　そんなわけあるか！　バカバカしい」

「じゃあ、どこ行くのよ」

言いながら、妻は洗面所を出て、丸い体を揺らし、一緒に廊下までついて来る。手には三男のものらしい、どこの子象がはくのかと思うような、グレイの、大きなズボンを握りしめている。洗濯機にでも入れるところだったのだろう。

「散歩だよ、散歩」

「散歩？　一人で？　おかしいでしょ」

「おかしなもんか。いつもしてるだろ」

「嘘ばっかり」

「おい、大丈夫か」

新平は足を止めて、妻の顔をまじまじと見た。よく太ったな、とあらためて思うけれど、別段ふざけている様子はない。

「じゃあ、あんたも一緒に散歩すればいい。歩くよ」

「私も？　行っていいの？」

「ああ」

新平の言葉を聞き、英子は無言でじっと見返してきた。じっと見返し、それからふっと笑う。

「また無理しちゃって。困るくせに」

「困らんよ、なにも」

「冨子（とみこ）に会うんでしょ」

「冨子？」

「田丸（たまる）屋の」

「バカか」

新平は言い捨てると、帽子掛けから取ったハンチングをかぶり、玄関の白い運動靴に足を入れた。不要な履き物を誰も下駄箱にしまわないせいで、玄関はいつだって家族の靴だらけだった。スニーカー、サンダル、革靴。少しバランスを崩しただけで、大げさに周りの靴を蹴散らすことになる。ああっ、と苛立（いらだ）たしい声を上げた新平を、英子が、ふん、と鼻で笑った。

「慌てちゃって」

意味もなく勝ち誇ったような台詞(せりふ)に、新平は首を振って返す。そんな無用なやり取りを断ち切るように、んんっ、と高く咳払いをした。

「行ってきます」

はっきり大きな声で告げると、

「……行ってらっしゃい」

妻はふと正気に戻ったように答え、それ以上、しつこくはしなかった。

新平が故郷のM町を飛び出したのは、昭和二十四年だった。

もう六十何年も前になる。

先に東京へ出た英子のところに、鞄一つ抱えて転がり込んだのだった。その頃、英子は女学校時代を過ごした東京に戻り、前とは別の姉、すみれ姉ちゃんと暮らしていた。

「しばらくの間、ここに置いてもらえませんか」

姉妹が作ってくれたごちそうを食べ、近くの銭湯に行ってさっぱりしてから、新平はお願いをした。急にそこだけかしこまって、正座だった。

「いいわよ」

英子によく似た顔だちのすみれ姉ちゃんはあっさりうなずいた。ひい姉ちゃんの次の姉で、英子より十歳上だった。小岩に店つきの一軒家を借りて、そこで駄菓子屋を営んでいた。「女だけじゃ不用心でしょ。新平さんがいてくれたら安心。もう誰が来てもこわくないわ」

「よし、俺が撃退しましょう。誰が来ますか。言い寄る男？　借金取り？」

「いろいろ来るわよ。かっぱらいも、押し売りも、野良猫も、ネズミも」

「ははは、全部まとめて退治しますよ」

用心棒を気取る新平は高く笑った。本来なら居候の居候といった肩身の狭い立場なのに、そんな役目を与えられたおかげで、居心地は悪くない。それどころか姉妹の気づかいで、すっかり上げ膳据え膳の暮らしになった。

その年のうちに、新平は英子と祝言を挙げた。

お赤飯と天ぷらの膳を並べ、すみれ姉ちゃんの家でささやかな宴（うたげ）を開いた。新平の小学校の恩師が、ちょうど東京で暮らしていたから仲人（なこうど）をお願いした。M町から親族は呼ばなかった。新平は親元で修業中、足場から落ちて腰を打ち、ずっと仕事を休んで療養していたのだけれど、ようやくその傷が癒え、そろそろ仕事へ復帰という頃に、意を決して家を飛び出したのだった。

いつまでも英子と離れて暮らしていると、いずれ他の誰かと結ばれることになりそうで焦った。

結果、大工として一人前になっている計画とは違ってしまったけれど、七年後に英子と結婚するという約束は守った。

3

どうにかうまく家を抜け出した新平は、振り返らず、一心に歩いた。

夫の浮気を疑う老妻が、すぐうしろまで迫っているかもしれない。丸い体を揺らし、髪を逆立てて、ひたひた、ぺたぺたと。

そんな怪談のような光景が脳裏に浮かぶ。

もちろん、日頃、運動もせずに食べるばかりで、すっかり足腰の弱った英子に追いつかれるとは到底思えなかったけれど、もし振り返って、あちらに豆粒のような姿でも見えたら放っておくわけにもいかない。のこのこ戻ったところを捕まえられ、話も逆戻り。女がいるでしょ、と詰問されてはかなわなかった。

それでも通りを曲がるとき、ちらりと家のほうを確認したのは、長年の習慣か、それとも家長としての責任感か。

幸いそこに妻らしい人影はなく、新平はほっとした。

ただ、いつもとペースが違ったせいか、もう息が上がっている。少し足を止め、めずらしく呼吸を整えてから、新平はまた歩きはじめた。

昭和二十四年の末に結婚してからも、新平たちはすみれ姉ちゃんの駄菓子屋に居候したままだった。

英子はその頃、両国の電話局で交換手をしていた。

新平は簿記の学校に通いながら、いくつかアルバイトをしたけれど、気が短いせいか、どれもつづかなかった。

「生活が安定するまで、しばらく子供は無理だな」

新平は英子に言った。きっとどこかにいい人がいるのだろう、すみれ姉ちゃんが、ふっ、と姿を消した時間だった。

「そう?」

「ああ」

「どうしてもダメ？」

「……そうだな」

「わかった」

　蚊取り線香の煙と匂いが、身にまとわりつく暑い夜だった。そのときあきらめた子供に、英子は名前をつけた。

　最初に東京で英子の面倒をみてくれたひい姉ちゃんが、ずっと板橋の郵便局で働いていたから、新平は神田の郵便局に働き口を紹介してもらった。

　昭和二十五年、臨時雇いの、配達の仕事だった。

　ある日、配達の鞄を斜めにかけ、鍛冶町（かじちょう）で郵便を配っていると、

「あんちゃん、なにやってんだ、あんちゃん」

　大きく声をかけられた。

　見ると、出征の日、赤羽まで送ってくれた弟だった。敵機の爆撃に怯え、列車の座席に隠れようと頭を抱えた姿がよみがえった。なむあみだぶつ。なむあみだぶつ。

「なんだ、定吉か。見りゃわかるだろ。配達してる。お前は」

「お遣いだよ、あっちの会社まで。驚いたなあ。あんちゃんにここで会うなんて、しかも郵便配達のかっこなんかして」

定吉は終戦後、兄弟の中でただ一人、親戚の家へ養子に出されたのだった。銚子の網元の家だったけれど、聞けば、そこの養父と折り合いが悪く、ついに飛び出して神田の印刷所で小僧をしているという。印刷所と主に出版社のあいだを、何度も行き来するような仕事だった。

「おかしな縁だなあ」

顔を見合わせて笑い、再会の約束をした。郷里ではもうすっかり、跡取りの長男が悪い女に騙され、駆け落ちをしたという話が広まっているそうだった。


翌二十六年、学校を出て簿記の資格を取ると、新平はようやく経理の社員として就職した。

江戸川区の瑞江(みずえ)にある、掛け時計の会社だった。

従業員五名の小さな会社だったけれど、そのぶん家庭的な雰囲気で、社長夫妻も、おだやかないい人たちだった。お花見やちょっとしたお祝いの宴席なんかに、社員の家族も招いてくれた。

新平は英子とすみれ姉ちゃんを酒席に連れて行った。

すると社長の親戚だという、キザな専務がすみれ姉ちゃんをえらく気に入り、次もまた呼ぶようにと新平に言った。

次も。

その次も。

いつも甘い香りのオーデコロンをふりかけ、パリッとしたスーツを着た男だった。

その専務が、こそこそと駄菓子屋を訪ねて来ると聞いたのは、しばらく経ってからだった。

「……手土産にかりんとう持ってきてくれるんだけど、週に二回も三回も、こんなところまで悪いでしょう」

やさしいすみれ姉ちゃんの口が重いのは、ようやく就職した新平の会社の、偉い人だと気づかったからだろう。

「いや、どんなふうにされてるの。遠慮なく言って」

問いただせば、新平が会社にいる昼間を狙って、専務がしつこく訪れ、店から奥の間に上がろうとするらしい。妻も子もある人だった。

カッとなった新平は、その足で専務の自宅を訪ねると、呼び出して怒鳴りつけ、会社は辞めた。

「だったら、あんちゃん、俺の会社へ来いよ、一緒に働けばいいよ」

その頃すでに神田の印刷所を辞め、角筈（つのはず）にある建設会社に就職していた定吉に誘われ、同じ会社に経理として勤めた。けれど、小さな会社だったから、やれることならなんでもさせてもらえる。ならば、とそこで勉強して、新平は建築士の資格を取った。

4

はじめて家を持ったのは、その建設会社に勤めていた昭和二十九年だった。

建築仲間の紹介で格安な売り地を見つけ、ひと思いに家を建てることにしたのだった。いつまでもすみれ姉ちゃんのところに住んでもいられないと、口では立派なことを言ったけれど、土地を買うお金は、そこに四年も五年も居候しながら、英子と二人で貯めたものだった。それでも足りないぶんは、堅実な暮らしぶりのひい姉ちゃんに借りた。

更地を買い、それですっかりお金がなくなったので、結局よその建築仲間に半分売ってようやく建築にこぎつけた。半分の土地を買った建築仲間も、お金が足りずにさらにその半分を売った。

新築の二階建て一軒家には、定吉も一緒に住んだ。

網元の養父の家を飛び出してからは、友だちの家に居候、就職してもまたべつの友だちの家に居候、といった暮らしを繰り返していたらしい。

「でも、それじゃ落ち着かないだろ、人んちじゃ」

自分もずっとすみれ姉ちゃんの家に居候していた新平は言い、そのことを定吉に指摘されると、かっ、と笑った。

いよいよ会社を辞め、新平が独立したのは昭和三十年の夏、二十九歳のときだった。

通りに面した三畳間を事務所にして、自分の会社「明石建設」をはじめたのだった。事務机が一つあり、客と丸椅子で向かい合えばだいたい用は足りた。そこに仕事が持ち込まれ、または電話が鳴り、新平と、手配した職人の二、三人で現地に赴く。一、二日、長くて三日で終わるような作業をしばらく得意としていた。社員は新平と、経理をまかせた英子の二人だった。

ただ、徐々に仕事が増えると、それでは追いつかなくなってきた。

新平が独立した昭和三十年代は、建築業界全体が好景気だった。明石建設にも好条件の仕事が舞い込むようになり、それをこなせば次、さらにまた次、と仕事をつなげていくうちに、社員をもう二人、三人とかかえるようになり、出入りする職人も一気に七十人ほどに増えた。

一階の半分を事務所に改築し、残りをダイニングキッチンと浴室、あとは二階を夫婦と、頼って上京した新平の妹たちで使った。

働き口の少ない田舎を出て、都会で暮らす縁者を頼るのは、英子の家もそうだったけれど、家族の多い時代、M町あたりでは当たり前のことだった。しばらく居候していた定吉は、行きつけの定食屋で知り合った気っぷのいい美人と恋に落ちて、所帯を持つからと出て行き、実際結婚した。

明石建設が軌道に乗って経済的に潤い、新婚当初のように子作りを控える理由はまったくなかったのだけれど、いざそうなるとタイミングが悪かったのか、なかなか子供はできなかった。

　お参りだとか供養だとか寄付だとか、英子が昔のあれこれを今の不妊に結びつけて気にするのを半ば呆れつつなだめ、少しは付き合い、いい加減にしろと叱り、英子が三十五歳のとき、ようやく最初の子を授かった。それが長男の孝史だった。昭和三十七年の八月生まれだった。

　その頃には頑固な母も、新平が帰省すると、東京での成功を素直に喜んでくれた。

　もちろん孫の誕生を知らせに帰ったときも歓迎された。ただ、母は英子には一貫して冷淡な態度をとり続けていたらしい。

「あんたなんか、嫁だと思ってないから」

　新平の目のないところでは、たびたびそんなことを言ったと聞いた。もしその場で聞いていたら、怒鳴って帰るところだった。

5

いつもより鼻息荒く散歩をすると、新平は急な空腹を覚えた。

パルコにある三笠會館(みかさかいかん)に入って、ハンバーグのランチを平らげ、追加で骨つき鶏の唐揚げも注文した。

ころん、と分厚いハンバーグには、池のように広がるほど、たっぷりとデミグラスソースがかかっている。美味しかった。お皿に広がったそのソースまでフォークとナイフできれいにすくい、付け合わせのじゃがいも、にんじん、ブロッコリーはもちろん、ライスの一粒、サラダのレタスひとかけらも残さずに食べた。

その上で、唐揚げを食べようというのだから健啖家(けんたんか)だ。

長年、建築の仕事をして、体格のいい新平は、もともと肉系の食事が好きだった。味つけも、ケチャップやソースに案外親しんでいる。ただ、妻の英子が煮物や天ぷらを得意とするタイプで、家の夕食はずっと和食中心だったから、そのぶん外では洋食、特に肉を食べた。ハンバーグ、ステーキ、ビーフシチュー……。もうじき八十九歳になっても、その好みに変化はなかった。

「いかがでしたか」

お店の名物、日本ではじめてメニューとして出したという鶏の唐揚げもぺろりと食べた新平に、落ち着いた給仕係が声をかけた。

「いや、おいしかった。ごちそうさま」

「ありがとうございます」

給仕係は皿を下げて、かわりにコーヒーを運んできた。

「今日、佐々木(ささき)さんは？」

新平はミルクピッチャーに手を伸ばしながら訊いた。佐々木さんは顔なじみの女性店員だった。名前と、岩手出身ということくらいしか知らなかったけれども。

「佐々木は、あいにくお休みをいただいております」

「そう。元気なの？」

「おかげさまで」

「よろしく伝えて」

「はい、承知しました」

胸ポケットから手帳を取り出し、新平はそれを片手でぱらぱらとめくった。

コーヒーを飲みながら、細かく気になったことや、思い出したことを記し、以前に書いたメモを読み返し、今日の予定をあれこれ考える。

昔ながらの喫茶店やレストランに寄って、コーヒーを飲み、美味しいモノを食べる。

それが新平にとって散歩の一番の楽しみだった。行きつけのお店がいくつもあったから、一つに決めずにだいたいローテーションで回る。

あとはあちこちで、建物を見て回るのもいい。

行く先々で、顔見知りの女性に声をかけるのは、新平にすれば礼儀のようなものだった。若い頃から偉丈夫(いじょうふ)で、周囲の女性に好まれることが多かったし、東京で会社を興し、その会社が軌道に乗ってからは、社長、社長、ともてはやされ、自分自身は下戸(げこ)に近かったのに、接待に使う酒場の女性を中心に何人とも仲よくなった。田丸屋の冨子と付き合ったのもその頃だ。

その時代のことを人に訊かれれば、かっ、と笑い、

「そりゃまあな、財布に金は入ってるからな。もてるだろ」

照れもせずにそう答える八十八歳の新平だったが、そういった武勇伝は、もうはっきりと過去のものだった。

この年になって、妻の目を盗んでまで会いに行く女がいるはずもない。

あなた、女がいるでしょ、と出がけに言われて新平がぎくりとしたのは、だから図星をつかれたわけでもなんでもない。

逆にまったく的外れだったからだ。

九十歳近い夫に対して、浮気の心配とはバカバカしい。

どうして今になってそんなことを言い出すのだろう。


行く先を街の案内板で確かめ、地図を指先でなぞる。

アメリカの高名な建築家が設計した「自由学園」の校舎だった。戦前に学校本体は移転して、以来、「明日館（みょうにちかん）」の名前で卒業生のための施設として使われている。今は見学もできるらしい。

「喫茶つきと、そうでない見学券とがありますけど」

受付で訊かれ、昼にコーヒーを飲んできたばかりなのに、

「じゃ、喫茶つきで」

と新平は答えた。見学券と一緒に手渡されたパンフレットを、目一杯遠くに離して眺め、それから顔を上げた。設計はＦ・Ｌ・ライト。ライトは旧帝国ホテル

の設計者としても知られている。

　開放感のある建物だった。

　広い中庭の芝生を、三角屋根のモダンな作りの平屋と、同じくおしゃれな三角屋根を正面に向けた、背の高いホールで取り囲んでいる。

　屋根の色は芝生と同じ緑。白い角柱が、日よけのような狭い間隔で、平屋の屋根のひさしを支えている。

　回廊になったそのひさしの下を歩き、建物の中を覗いていく。学園と関わりの深い雑誌社の、長い沿革を知らせる展示室がある。窓枠がどれも幾何学模様にデザインされ、室内には、そこから白い日が射し込んでいる。

　教室はこげ茶の床と白い壁。黒板の左右に、アシンメトリーなデザインで、装飾的なこげ茶色の板がはめ込まれている。屋根の三角をそのまま生かした白い天井からは、球形の照明が下がっている。

　あまりのモダンなスタイルに、新平はうなった。

「俺もこういう建築したかったな……無理か。俺にゃあ、考えつかねえな」

　ひとりごちて首を振った。新平のほかの見学客は、ほとんどが女性だった。

室内のデザインはあちこちアシンメトリーで、建物全体のつくりは左右対称にできている。

新平はそう理解しながら、その中心にあるホールの建物に入った。

入ってすぐ、石の階段を半地下に下ると洗面所。脇の階段を上がると、二階が食堂になっている。

やはり窓からきれいに日の射す食堂は、子どもたちのために用意されたのだろう、グループで利用できる低めのテーブルと椅子が数組置かれ、こちらもユニークな照明が天井から下がっている。木桶の持ち手のような、二本爪のクレーンのような板のあいだで、大きなボールライトが光っている。

電球の吊り具、とわざわざ写真入りで下に説明のボードが置かれているくらいだ。他では見ない、特別なデザインだった。新平はまた舌を巻いた。

食堂からさらに半階、屋根裏めいた場所に上ると、そのデザインをしたライトさんの仕事がパネルで紹介されている。美術館。ホテル。邸宅。年表や設計図、ライトさん自身の写真パネルもある。

そしてその場所は吹き抜けに面していて、ひときわ明るいホールを見下ろすことができた。

一旦ホールを出ると、先の教室を見て歩いた。

小教室が一つ、大人の習い事に利用されている。ポーポー、ポーポーとオカリナを吹く音が聞こえる。

広い売店をひやかし、もう一度ホールに戻ると、そろそろ喫茶にいい時刻だった。

喫茶のチケットは、ここで使えるらしい。

お帳場らしい机の向こうに立つ女性に、注文を伝えると彼女はうなずいた。

「お菓子は、どちらにしますか」

飲み物にはクッキーかパウンドケーキがつくという。数百円の入場料で、新平は得した気分になった。

トレイにコーヒーとクッキーを用意した女性が、ピアノの調律がもうじきはじまるところだと言った。アップライトのピアノが、天井の低いところに設置してあった。

「なので、よければ食堂に」

階段を上がるようにと勧められたけれど、食堂はさっきよく見たし、ホールのほうが見晴らしがいい。

「ちょっとうるさくなりますけど、かまいませんか？」

「ホールは？」

「うん、かまわない」

新平はできるだけ窓に近い場所へ行き、空いた席についた。

ホールには四つずつ寄せた小さな木のテーブルが並び、吹き抜けの上のほうまである窓から、相変わらずたっぷり日が射し込んでいた。

これもライトさんのデザインだろう、ごく素朴な木の椅子なのに、六角形のユニークな背もたれがついている。シート部分に張られた革も、きれいなエメラルドグリーンだった。同じ部分の革が赤い椅子と、交互に置かれている。

壁面には聖書の世界を描いたのか、砂上を列になった人々が行く大きな画。その脇には少女三人が手をつないで、祈りを捧げているような白い像がある。

修道院のようにも見えるその場所で、新平は今日二杯目のコーヒーを飲み、手づくりらしい、上品なクッキーをかじった。

6

「女優さんいるんだって？　この近所に。会うの、よく」

エロ仲間の中本（なかもと）がわざわざ事務所まで来て、そんなことを訊いたのは、ちょうど世紀の変わり目、世間がミレニアム景気に沸いていた頃だっただろうか。

「そうだな」

「近所って、どこ？」

「向かい。俺が世話したの」

「おいおい、そんな仲なのかよ」

「バカ。そういうんじゃない。仲介だ、物件の」

新平はいつものお茶を淹れ、お茶うけのピーセンを出した。

「はー。そっか。きれいか？　女優」

「ああ」

「毎日でっかい車がお迎えに来んの？」

「いや。そういうんでもねえな」

「テレビと実物、どっちがいい？」

「そりゃもう、完全に実物」

「かーっ、なんで社長のところばっか、そんないい女が寄ってくっかね」

「人徳だな」

「嘘つけって。さんざん悪さしてきたのに。そんで母ちゃん怒って、パイプカットされたって、職人連中はみんな知ってっぞ」

「ふん」

新平は鼻で笑い、鳥のくちばしでお茶をすすった。

もちろん女優さんに会うと言っても、お向かいさんだ。たまに道で顔を合わせるだけだった。

でも、会えばたいてい二、三言は話をする。天気とか、最近の仕事のこととか。ドキュメンタリー映画の監督だという旦那さんと、二卵性の双子だという高校生の息子さんと娘さんにも紹介された。

新平が事務所から「明石建設」の看板を外して、あとはアパートの管理だけをすると話してからは、店子でもないのに、彼女は新平を「大家さん」と呼ぶようになった。

「大家さん、こんにちは〜」

「大家さん、今日寒いね」

「大家さん、ごめん、いつもうちの前の落ち葉まで掃いてもらって」

「大家さん、今日は急ぐからまた」

「えっ、大家さん、背高いね。何センチ？」

彼女がふいに事務所の呼び鈴を鳴らしたのは、そんな程度のご近所付き合いが、たっぷり十年はつづいてからだ。

新平がエロ鑑賞以外の事務所での趣味、下手の横好きな三味線を、バチでぺんぺん、ぺんぺんと叩いていると、急に女優さんが訪れたのだった。

日中はほとんど店子がいないのをいいことに、力まかせにバチを打ちつけていた。

「うるさかった？」

新平が親しみを込めて可愛く訊くと、

「ううん、それより大家さん、それ教えて。今度、三味線弾く役やるの」

彼女は中を覗くように首を伸ばして、ソファに三味線が置いてあるのを見つけると、指さしてから手を合わせた。

「我流でよければ」

まるでそこそこの達人のように新平がうなずくと、

「わ、ありがとう！」

と跳ねるように明るく笑った。

十年経っても容姿に老いや衰えをまったく感じさせないのは、さすが女優さんなのか。それとも新平のほうも同じだけ年を重ねたからなのか。

まずは応接セットのソファに向かい合って、姿勢をただし、女優さんの左手に指かけをはめ、ももに膝ゴムを置くと、三味線の持ち方、バチの当て方、糸のおさえ方なんかを教える。

「こう？」

「こう」

「ここ？」

「違う、そこ」

「ここだ」

「そう！」

そんなやり取りをし、手を伸ばし、やがてソファの横に座り直し、身を寄せて指導をする。新平は年甲斐もなく春が訪れたのを感じ、思いがけず頬を赤らめた。フェロモンというのだろうか。女優さんからは、えもいわれぬいい香りがした。細い体なのに、胸も大きそうだ……。

ただ、そんなしょうもないことをあとで教えて笑い合えるじじい仲間が、その時点で、新平にはもう一人もいなくなっていたのが残念だった。

ポーン。

ピアノの音がホールに響いた。

新平はコーヒーをゆっくり飲みながら、バターのよく香るクッキーをもう一枚、さくっとかじる。

見学の女性グループが、ずっと楽しげに語らっている。

昔、世話になった英子の姉たちのことを、新平は思い出した。

思い返せば、若い頃、新平は英子の姉たちにはただただ世話になった。

ひい姉ちゃんも、すみれ姉ちゃんも、九十代半ばまで生きて、今はもういない。

もし姉妹の寿命が似るものなら、英子も十分長生きしそうではあったけれど、姉は二人とも、晩年いろいろとわからないようになって、長く施設に入っていた。

「なあ、どうする、惚けたら。どこか施設に入るか」

一度、すみれ姉ちゃんを見舞ったあと、夫婦どちらの話ともなく英子に訊くと、

「いやだ、うちで面倒みて」

妻は夫を見て、妙に甘えた声で言った。

そのときのうるんだ目を、新平は思い出していた。

第三話　秘密の訪問

1

急に秋めいた夕方、新平が家に帰ると、散らかった玄関に大きな女物の靴があった。舟形をした赤いエナメルの靴で、先がアホみたいにとがっている。次男の建二が来ているのだろう。本人によれば長女らしいが。

「なんだ、おまえまで出戻ったのか」

玉のれんをじゃらじゃらと鳴らして、キッチンとつづきの居間に入ると、やはり建二がいた。食卓にしている丸テーブルに向かって、ぴんと背筋を伸ばし、気取った手つきで紅茶のカップを持ち上げている。鼻にかかったおかしな裏声で、もうじき八十八歳の老母と語らっていたようだった。

最後に会ったときは赤と青の二色だったおかっぱの髪は、自然に色が抜けたのか染め直したのか、すっかり黒一色に戻っている。

「おかえりなさ〜い」

新平の顔を見ると、建二は明るく言った。ふちに赤い口紅のついたカップを、優雅にテーブルのソーサーに置く。

「タクシーで帰ったの？」

こちらは老母のほう、妻の英子が言った。「音がしたけど」

「ああ」

「どこから？」

「池袋」

新平はさらりと答えると、踵（きびす）を返し、キッチンの向こう、風呂の脱衣所も兼ねた洗面所へ入った。普段と変わらない散歩のつもりが、今日は気の向くまま遠くへ足を延ばして、少し疲れてしまった。帰りに事務所に寄る気にもなれず、駅からタクシーを使って戻ってきた。

「……じゃないの？」

「なに？」

ちょうど聞こえるほうの耳を向けているとはいえ、キッチンを挟んで声をかけられても、聞こえるわけがない。新平は気にせず手を洗うと、ガラガラとうがいえることにしよう。明日からはますます体を鍛えることにしよう。

をし、蛇口を締め、タオルでしっかりと手を拭った。明日からはますます体を鍛

「本当は、誰か送ってきたんじゃないの」

洗面所を出てテーブルに近づくと、戻るのを待ち構えていたように妻が口を開いた。ああ。そういう話か。さっきもそれを言おうとしたのだろう。

「そんなわけあるか」

新平は、ふん、と鼻で笑った。タクシーの音くらいで、よくそんな無茶な発想ができたものだ。あまりのことに呆れてしまい、このまま座っていいのか、それとも何かするつもりだったか、咄嗟に自分でもわからなくなった。

少しの間、その場に立ったまま考えていると、

「お茶？　それなら私がするから、お父さん、座って」

ぞろりと長い、スカートのようなズボンをはいた次男が立ち上がった。ひらひらのブラウスの胸のあたりが膨らんでいるのは、もうだいぶ前からだったけれど、詰め物をしているのか、なにか術を施したのか。一度詳しく訊こうとして、やだ、お父さん、いやらしい、と言い返されたので、それ以上、新平はなにかを訊く気力がなくなってしまった。もちろん誰に迷惑をかけるわけでもないなら、好きに

生きればいいだろう。

それよりも、確かにお茶はほしいところだ。

「じゃあ、ほうじ茶を頼む」

言って、ようやくテーブルの定位置につくと、しつこい英子が、まだこちらをじっと見ていた。

「ね。誰か送ってきたでしょ」

「は？　俺がいくつかわかってるの？　もうすぐ八十九だよ？　数えで九十。そんなマメなことしないって。それに、もし本当に悪いことしてるんだったら、もうちょっとうまくやるだろ」

「どういうこと？」

「やましいことがあるなら、タクシーでわざわざ家の前まで乗りつけたりしないってこと」

「？」

「大通りで車を降りて、そこから歩いて帰れば、どうせこの家の人間は誰も気づきやしないんだから」

噛んで含めるように聞かせると、ようやく英子は納得したようだった。わかっ

た、というふうに目を丸くしてうなずき、

「悪い男だね」

と横を向いてぽそりと言った。処置なし、とはこのことだ。

「孝史は？」

とりあえず説得はあきらめ、長男の行方を訊くと、英子はちょっと考えてから、

「二階でしょ。またラジオ聴いてるんじゃない？」

と答えた。

「そう」

もう何十年も、日々そんなものだ。そう、としか言いようがない。孝史はまれに英子に連れられ、荷物持ちと称して近くのスーパーマーケットに買い出しに行くのと、そのお駄賃を持って、夜のコンビニにふらっと出かけるほかは、日がな一日、自分の部屋で小さなテレビを見ているか、クロスワードのパズルを解いているか、ＦＭラジオで音楽を聴いている。邪気が来るからとパソコンはたしなまず、携帯電話も持たない。当然、友だちはひとりもいないだろう。高校を中退してしばらくは、短期のアルバイトを探して出かけることもあったけれど、それ以降はすっかり無職だった。

十数年前に一度、なにを決意したのか、働く、と言い出したことがあって、だったら一緒に来いと、ぎりぎり畳む寸前だった「明石建設」の現場に連れて行くと、黄色いヘルメットをかぶって、ほとんどなにもせず人の仕事を眺めているだけだったのに、たった一日で疲れてしまい、もう無理、と言った。

「お父さん、女がいるんだって？　お盛んね。どこの人？」

建二がお茶の盆を運んできた。熱いほうじ茶と引き替えのように、にこにこと訊く。

「は？　バカバカしい。いるもんか」

新平は即座に答えた。湯呑みを受け取り、香りのよいお茶に口をつける。

「でも、ママがそう言ってるよ」

「ママは……ボケてるの」

後半の声をひそめて新平は言ったけれど、そういう悪口は絶対に聞き逃さない。

妻は、きつく睨みながら、

「ひどい」

と言った。「自分が浮気してるくせに」

「してません」

と新平は言った。

「女、いないの？」と建二。

「いない」

「本当に？」

「いません」

「ねえママ。お父さん、仲よくしてる女の人なんかいないってよ」

留守中、よほどそんな話を聞かされていたのだろう、娘のような次男は、なだめるように英子に向かって言う。どのみちダメな息子三人なら、ひとりくらいこういうやわらかいタイプがいてよかったのかもしれない。「ママが一番好きだって。よかったね」

「うそ、うそ。その人、悪いんだよ。隠してるの」

英子は次男の言葉を信じないようだったけれど、それでもほんの少しくらい、気持ちは落ち着いたのだろうか、ふう、と息をつき、大儀そうに立ち上がると廊下へ出た。お手洗いに立ったのかもしれない。

「呼ばれたのか。ばあさんに」

昔の通り「ママ」と呼んだり、ぞんざいに「あんた」と呼んだり。妻の呼び方も気まぐれなじいさんの新平が言うと、

「ん、急に電話があって、泣いてたから。ちょっと様子を見にきたの」

建二は答えた。視線にほんのり、父への非難の色がにじんでいる。もっとも新平にすれば、日々こんなに気をつかって、どうして妻が勝手に泣いたからって、家を出た息子に抗議の目で見られるのかわからない。およそ理不尽な非難だった。

「お父さんは、田丸屋の冨子に会ってるって……ママが言うんだけど」

自分も新しい紅茶をいれた建二が、それを一口飲んでから、言いにくそうに言う。さすがにそんなはずはない、とわかっている口ぶりだった。

「またそんなこと言ったのか」

新平は小さく首を振った。最近、亡霊のように冨子の名前が出ては消え、出ては消えしている。妻の頭の中に、その名前がずっとあるのだろうか。

「田丸屋の冨子って、冨ちゃんでしょ。割烹・田丸屋の」

「そうだろうな」

「昔よく遊んでもらったよね、冨ちゃん。なつかしい」

田丸屋は池袋の繁華街にある割烹で、派手な舟盛りが名物だった。取引先の接待や職人たちの慰労、家族の祝いごとや親族の集まりにもよく利用していた。昭和四十年代から、五十年代にかけてのことだ。冨子はその店の仲居さんで、明るく、気が利いて、子どものあしらいも上手だった。

特に建二は、冨ちゃん、冨ちゃん、となついていた。

練馬にあった冨子のアパートに、新平は建二と遊びに行ったこともある。冨子の鏡台や衣装ケース、小さな流し台なんかにやけに興味を持つ建二を、おまえ、おかしなやつだな、と新平が笑い、グラスに注いだバヤリースのオレンジジュースを飲みながら、三人ですごろくやトランプをした。

冨子がお昼にハムときゅうりと玉子のサンドイッチを作ってくれたことに、建二はずいぶん感激していた。家のお昼はうどんかそばか素麺、そうでなければ店屋物の丼に決まっていた。

午後からは新平の運転で高速をぐるりとドライブした。新平が薄い青色の、大きなサングラスをかけると、お父さん、かっこいい、と建二が言った。それから池袋に戻ってボウリングをして、洋食屋でオムライスやスパゲティ、海老フライを食べた。

「冨ちゃんって……お父さんの、愛人だったの？」

遠い記憶を探るように、建二が言う。

「そんなわけあるか」

新平は否定した。目を伏せ気味に首を振ると、玉のれんの向こう、暗い廊下に英子の足が見えてドキッとした。

「おい。ばあさん、そこでなにしてるの」

新平が声をかけると、

「失礼ね。なにもしてないよ、おじいさん」

じゃらじゃらと玉のれんを鳴らして、妻が入ってきた。のっそり歩き、キッチンを抜けたあたりで、

「あら、女の髪の毛が落ちてるわ、お父さんがつけてきたんじゃないの」

それまでの緩慢な動きが嘘のように、英子はさっと前屈み（まえかが）になり、床に手を伸ばした。

「はあ？　そんなわけあるか」

「だって、ほら」

本当につまみ上げたのか、体を起こすと、ＯＫサインみたいになった親指と人

差し指を自分の顔の前にかざした。目を細め、天井の白い蛍光灯に照らして見ている。「私はこんなに長くないわ、それに若い子の毛でしょ」

ほら、とその手を伸ばして、新平のほうへ向かってくる。

どこか怪談めいた仕種だったけれど、

「いや。若い子なんて、知らんよ」

「嘘でしょ」

実際、なにもやましくない新平は、自信を持って答えた。

ほら、とさらに手を突き出されても、わざわざ確かめる気もおきない。ただ、どうやら本当に髪の毛をつまんでいるらしいことはわかって、その点はホッとした。

「知らないって、そんなの。建二の毛じゃないのか?」

「え? 建二の?」

「見せて」

小さく手を上げて次男は言い、英子は向きを変えた。

「どれ?」

建二は差し出された母親の手元を見て、よく見えないと首を振った。クリネッ

クスのティッシュを広げ、ここに毛を落としてと言う。それをさっと検分して、

「私かな」

と認めた。

「……そうなの」

英子は不服そうにうなずいた。新平のことは信用できないけれど、相談相手になってくれる次男の言葉を疑うわけにもいかない。そんな曖昧な面持ちで、建二がティッシュを丸めて捨てるのを見ていた。

建二はとりあえず大丈夫そうと判断したのか、仕事に戻ると言った。

「夜も仕事なのか。ご苦労だな」

「夜でも朝でも、呼ばれたら飾りつけに行くよ」

夜の商業施設に行って、花を飾る仕事らしい。いかにも作業には不向きなのに、ひらひらと華やかにしているのは、仕事相手に対しての演出もあるのかもしれない。

「ご飯食べていけばいいのに。もう六時でしょ。半には夕食だから、そろそろ孝史も下りてくるわよ」

「今度ゆっくり来る」

「そう？　今日はすき焼きにしようと思ったのよ」

「支度、手伝えなくてごめんね」

二人の話す声を聞きながら、新平は先に廊下へ出た。寝室にしている座敷を覗いて、手頃な大きさの紙袋を見つけると、妻が郷里から取り寄せている乾麺、「手緒里うどん」を階段のダンボール箱から二束わしづかみにして、新平はその紙袋に入れた。

さらにべつのダンボール箱からは、「羽二重そうめん」を二束。

干しイモのパックも二つ。

「じゃあ、お父さん、帰るね」

ひらひらと廊下に出てきた次男に、

「これを持って帰りなさい」

老人とも思えない素早さで、新平はぱんぱんに膨れたお土産の紙袋を差し出した。

2

新井薬師（あらいやくし）の骨董市に出かけたのは十月だった。

近くに住む姪から、九月にご機嫌伺いの電話があったのがきっかけだった。

近頃は年に二、三度、そんな電話をかけてくれるのだけれど、実際に顔を合わせたのは、一昨年、姪の連れ合いが亡くなった、その葬儀が最後だった。

「おじちゃん、たまにはうちにも寄って」

「ああ」

「毎月、お寺で骨董市やってるから、そのついでにでも」

「うん」

「じつは、少し相談したいこともあるの」

「ふうん。……なに？」

「それは、家のことで、ちょっと」

「ああ。そう」

「……じゃあ、また。あ、おばちゃんにも、くれぐれもよろしく。二人とも、お体、大切に」

「はい、ありがとう」

べつに機嫌が悪いわけではない。電話での新平は、だいたいそんな調子だった。耳が聞こえづらいのはあるけれど、今回、姪の言ったことは、ちゃんと理解している。

その証拠に、電話のあった翌日には、さっそく事務所のパソコンで検索して、十月の最初の日曜日に骨董市があることを新平は突き止めた。愛用の手帳を開くと、赤字で印刷された日付に、赤いペンでぐるぐると丸をつけ、筆圧の強い鉛筆で、「骨董市、さなえ、新井薬師」と記した。

さなえというのが姪の名前だった。

新平たちが小岩の駄菓子屋を出て行ってほどなく、すみれ姉ちゃんから出産の報告を受けた。

昭和三十年だった。

そのときすみれ姉ちゃんは、三十八だったか九だったか。

いずれにしろ四十手前といった頃で、ずっといい人がいたようだったから、きっとその人の子なのだろう。すみれ姉ちゃんが黙るので、詳しい事情は訊けなかったけれど、結婚せずに子どもを生むという選択に、年齢はやはり関係していたに違いない。

夫婦で長く居候していた新平は、さすがに申し訳ない気がして、これからはすみれ姉ちゃんと、生まれてきた子どもの力になろうと英子と誓った。

その娘がさなえだった。


「出かける」

骨董市の当日、朝の日課を一通り済ませると、新平は妻に告げた。

「どこに？」

相変わらず、意味もなく気色ばむ英子に、

「さなえのところ」

正直に伝えると、

「さなえ？」

英子はいくらかやわらいだ表情をした。そもそもさなえは英子のほうの姪なのだから、当然だろう。

「どうしたの、急に」

「なんか相談があるって」

「あなたに？　いつ、そんなこと言われたの」

「先月。電話があった」

「あら、聞いてないわ」

「言った」

　新平は言い切った。そんな細かなことを、言ったか言っていないかなんて、もちろん覚えていない。

「そう？」

「そう」

「じゃあ。さなえに会うの……本当に？」

「本当さ。疑うんだったら、一緒に来たらいい」

「一緒に？　でも、歩くんでしょ」

「うちから新井薬師まで？　歩かんよ。山手通りからバス」

「山手通りからバス……」

　英子はしばらく考え、

「じゃあ行く」

最近にはめずらしい答えを口にした。

晴天の、朝十時だった。

たとえ短い距離でも、外に出て歩くのはいいことだ。バスでよその土地へ行けば、もっといい気晴らしにもなるだろう。運動不足もちょっとは解消できる。

新平はキッチンでお茶を用意して居間のほうに戻ると、今から支度をするという妻を気長に待つことにした。

3

昭和三十七年の八月に遅い長男が生まれたあとは、明石建設の発展に合わせるように、英子は隔年で男児をもう二人産んだ。

建二。

雄三。

なかなか子どものできない夫婦から、一気に三兄弟の父母となったのだけれど、その真ん中、建二が生まれたのは、おりしも昭和三十九年、東京オリンピックの年だった。直接、五輪関連の工事こそ請け負わなかったものの、街中の普請ムードにうまく乗って、明石建設も一番の上昇機運にある頃だった。

長男には使わなかった「建」の字を、わざわざ次男の名に入れたのは、どちらに、というつもりはなかったにしても、やはり自分の興した会社を、子どもの誰かに継いでほしい気持ちがあったのだろう。年商は毎年毎年の増加でかげりを知らず、このままつづけば将来、一体どんな大会社になるだろうと夢見ていた。

三人の子育ては、同居する新平の妹たちがよく助けてくれた。時期によっては、ほとんど妹たちまかせ、と言ってもいいくらいだった。出産後も英子がずっと会社の経理担当だったから、当然そんなふうになった。

「つらい。大変」

仕事と子育てを両立しようとして、英子はたびたび弱音を吐いた。ストレスで食欲も増したのか、結婚前に比べて、だいぶ体重が増えている様子だった。息子を三人産んでからは、顎や腕の下のたるみも一切隠さないようになった。「ずっと家でソロバンばっかり。いつまでも計算が合わないし、もう吐きそう」

ソロバンとは言ったが最新式の立派な計算機も買ったし、帳簿の付け方は、聞かれれば新平が細かく教えた。でも、明日からは自分がするとは決して言わなかった。

　そのかわり新平は、社長としてちゃんと手当てをしているつもりだった。慰労会と称して、豪華な中華料理や老舗の天ぷらを食べに連れて行ったし、記念日を兼ねてだぞ、と釘を刺しつつ、宝石やバッグや着物の購入資金も提供した。普段のデパートでの散財や、銀行からのタクシーでの帰宅だって、だいたいは目をつぶった。

「たまには一人になりたい」

　険しい顔をしてそう訴えられれば、縁側をつぶして、英子ひとりの机を置く仕事部屋を増築したし、さらにはダイニングの脇にも、英子の仮眠のための、三畳ほどの小部屋を作った。

　もとはお風呂場にあった洗面台が使いづらいと言われれば、独立した洗面所も作った。

　もちろん、そういった増改築は仕事柄お手のものだったけれど、ねだられるままの突貫工事で、気がつけば家のあちこちに小さな隠し部屋があるような、忍者屋敷のような不思議なつくりの家になった。

　子どもたち三人は、そのあちこちを走り回り、家の中でかくれんぼをしたりしていた。

「よ、三兄弟。外で遊べ」

事務所に出入りする職人たちに、よくそんな声をかけられた。小六の長男が、とにかく外で遊びたがらなかった。

その頃にはもう、同居していた妹たちも、それぞれ結婚して家を出ていた。勝手に居着いて、ふらりと出て行った定吉はともかく、自分の建てた家から、上京した妹二人を学校に通わせ、就職させ、きちんと嫁がせたことは新平の密かな誇りになった。

それから事務員としてさなえに来てもらうことになった。姪っ子なら、英子もあれこれ頼みやすいだろうという配慮だった。


椎名町に住居を構えたのは、昭和五十三年だった。

一人で不動産屋へ赴き、英子がいきなり建売住宅を買ってきたのだった。自分だけ現地の見学に行くと、新平にひと言の相談もなしに、その日のうちに手付けを打ってタクシーで帰って来た。

「なんで、そんなことを」

「だって死ぬ」

と英子は言った。死ぬ死ぬ死ぬ……は、当時の英子の口癖だった。

「家と会社をべつにしたい」

もちろん揉めたが、夜中までずっと仕事の電話でもう嫌なの、死ぬ、と辛そうに訴える妻を見れば、そんな無茶な衝動買いをするほど、追い詰めてしまったのかと申し訳ない気もした。

新平としてはできるだけ対処していたつもりだったけれど、妻は全然納得していなかったのだろう。ようやくそのことだけはわかった。

「よその建売に住むって、そりゃ、社長、紺屋の白袴ってやつじゃないか」

いくら同業者に笑われても仕方ない。今度は庭に池のある、自分好みの一軒家を建てたかったが、そんな建築屋らしい夢を新平は一旦引っ込め、建売新居に家族で越すと、毎朝、英子と一緒に出勤することになった。

長男が高一、早生まれの次男が中三、三男が小六の年だった。

すでに体はだいぶ丸くなり、運動嫌いの傾向が高まっていた英子は、もちろん歩くのを嫌がったけれど、もとの家まではたかだか二十分あまりの距離だった。

新平が歩いて出発すれば、運転免許を持たない英子は、仕方なくあとをついてくるほかなかった。

新しい家を選んだのも、仕事場から離れたいと希望したのも自分、となれば、さすがに大っぴらな文句も言えないようだった。

家族が引っ越したあとの事務所は、はじめのうち、二階部分を遠方から招いた職人の宿泊に利用していたけれど、やがて改築し、そこをアパートとして貸すようになった。

さらに全体を建て直し、上下で計六室のアパートにしたのが平成に入ってすぐだっただろうか。

そのときに一階の一番手前、一〇一号室が明石建設の事務所になった。

自宅を好きに作れなかったぶん、新平はこの建て替えには熱中した。設計から施工、素材選び、なにもかも自分のこだわりを優先した。

外壁に使ったパールに光るピンクのタイルは、焼きが堅く頑丈で、その後の大きな地震でも、ひび一つ入らなかった。

4

英子の支度を待つ間に、ざっと雨が降り、やがて上がった。

「いいの？　手土産なしで」

ぐずぐず、ぐずぐず準備をしているくせに、なにをバタバタ歩いているのか、ふと顔を見せて英子がそんなことを言う。「やっぱりまず池袋のデパートに寄っていかない？　急ぐんだったら、タクシーで……」

「大丈夫。昨日、三原堂で買ってある」

テレビのマラソン中継を見ながら、あくびまじりに新平は言った。

「あら、用意がいいのねえ」

「いいから早く準備して。そんなんじゃ骨董市が終わっちゃうよ？」

「骨董市？」

「ああ、新井薬師の骨董市を覗いてから行くことになってる」

「私、それ聞いたかしら？」

言ってない、かもしれない。

ふっ、と新平は笑った。

よそ行きの服を着た英子が、姿を見せたのは十一時半だった。お昼ご飯の指示を英子が長男にして、ようやく玄関をあとにすることができる。

新平はすでに行って帰ったくらいの気分だった。

路線が違うので電車だと厄介だけれど、通りからバスに乗れば、日中でも十五分ほどで着く距離だった。

駅の上、オーバーパスになった山手通りのバス停で、時刻表を見る。数分待てばよさそうで新平はホッとした。日に照らされた妻の横顔を見ると、一体なんの支度をしていたのだろう、まつげにゴミがついている。

「なに」

顔をそむけて嫌がる英子に、

「目やに」

新平は言って笑い、つまんだゴミを風に飛ばした。今の家から事務所までの、毎朝の通勤でも、よくそんなことをしていたと思い出した。

妻も同じようなことを思い出したのだろうか。

「お向かいは、今どうなってるの」

バス停に並んで、ふいに言った。

「お向かいって、事務所の？」

「そう」

「もう更地になったよ」

「だいぶ長かったね、あのおうちも。長谷川さんちだったときからだから」

「五十五年……六十年近くかな」

新平が物件を紹介したサスペンス女優が、ベテランのアクションスターとのW不倫で騒がれたのは去年のことだ。それからしばらくして向かいは空き家になり、解体され、どこかの会社が管理する売り地になった。

今はロープが張られて、営業担当者の電話番号が書かれたプレートが立てられている。

「黒い犬がいて、こわくてね。よく吠えて、孝史なんか、クロこわい、クロこわいって泣いて。あの子がずっと犬が嫌いなの、クロのせいだと思うわ」

時間通りにバスが来て、新平はしっかりと、英子は一度大きくよろけて乗り込み、出口に近い優先席に並んで座る。それで全部席が埋まったくらいの混み具合だった。すぐにバスが発車し、速い流れに乗る。

大通りを二回曲がり、狭い商店街に入っても快調に走る。ぴぴぴ、ぴぴぴ、と停車のベルがときどき鳴る。

ほんの十分ほどで西武線の新井薬師前駅に着いた。

線路を越えて、一つ先、新井薬師口のバス停で降りると、新平はひとり勝手に大きな精肉店に入った。

「なんか買うの」

訊きながら、英子があとにつづく。バス停の真ん前、ミートプラザニシジマという名前の、ちょっとしたスーパーくらいの広さのお店だった。

すぐに食べると告げて、新平がコロッケを二つ買う。小さな紙袋に入ったコロッケを一つ、英子に渡し、

「食べなさい」

と言った。そして、もう一つのコロッケを自分で齧る。揚げたての、ほくほくのコロッケだった。

英子も新平を真似するようにコロッケを囓り、ああ、おいしい、と言った。

老夫婦がコロッケを一つずつ、その場で食べきって歩きはじめた。

新井薬師の境内までは、そこからすぐだった。

英子がゆっくりゆっくりと歩くので、余計に時間はかかったけれども。

山門をくぐると、新平は想像とは違う気配に戸惑った。無人の軽トラックが一台、参道の脇に停まっている。ほかにイベントらしいものはなにもなく、人影もまばらだった。

骨董市は終わってしまったようだった。

正面に進み、左手のお堂のかげに、ようやく古い食器が並べてあるのを見つけた。もっとも、それもいかにも片づけの最中といった様子で、その場にいた男性に訊ねると、やはりさっきの急な大雨で、骨董市は終了したということだった。

「それは？」

荷造り前の古伊万里に新平は目を留めた。青い染付で、日本地図のまわりを、タコの足の文様が取り囲んでいる。大きな角皿だった。

江戸時代末期の作で、少し欠けがあり、売値は十二万円ということだった。

新平は礼を言うと、あらためて手水舎(ちょうずや)へ向かい、目的を新井薬師の参拝に切り替えた。

英子もついて回る。

「ほう」

変わった手水舎に新平は声を上げた。まるで丸い池から突き出したような、蓮の花の彫刻から水が垂れている。

こりゃいいや、と新平は感心しながら手を清めた。新井薬師は目の薬師と呼ばれているらしい。新平は白内障と緑内障、どちらの手術もしたことがある。

本堂へ上がり、お賽銭（さいせん）を投げ、手を合わせる。

それから向こうにあるもう一つのお堂を見に行った。

屋根近くまである、堂々とした地蔵菩薩の横に、赤いちゃんちゃんこを着た、ずいぶん小さな子どもの像が立っている。その子が蓮の葉を傘のようにさしていた。

「あら、ここの水子地蔵は可愛いのね」

あとからきた英子が目を細めた。そこでもお賽銭をあげて、手を合わせた。

「いつもこんなことしてるの？」

「ああ」

「ひとりで？」

「ああ」

「本当に？」

新平がうなずくと、英子はおどけたように目を丸くした。

「じゃあ行くよ」

首を振り、先を行こうとする新平に、

「待って。もっとゆっくりして。足が疲れた」

英子は慌てたように言った。

「足？　まだ全然歩いてないぞ」

「あと喉もかわいた。少し休ませて」

新平は周囲を見回してから、通りの向こうにある小さな公園を指さした。

遊具の脇に、テーブルやベンチがある。なるべくゆっくりとそこまで連れて行くと、にわか雨のせいでベンチが濡れていた。

新平は少し考え、エコバッグがわりに持ち歩いているレジ袋を、ミニショルダーからつまみ出して敷いた。そこに英子を座らせてから、境内の自動販売機に飲み物を買いに戻る。再度公園に入り、ふたを開けたボトルを渡すと、英子はごくごく、ごくごく、とそのボトルの麦茶を飲み、ふう、と息をついた。

「何時に行くって言ったの、さなえに」

少し明るい表情になって英子は言った。燃料切れだったのかもしれない。

「いや。言ってない」

「どういうこと？　お父さん、さなえに連絡してないの？」

新平が答えると、英子は不思議そうな顔をした。

「うん」

新平がうなずき、英子はますます混乱したようだった。

「え？　時間を言ってないの？　それとも、今日行くって言ってない？」

「そっち」

「どっちよ」

「今日行くって言ってない」

「嘘でしょ」

と英子は言った。鼻からふーっと長い息がもれる。ふーっともう一回。「どうするのよ、いなかったら」

「いるだろ」

新平は簡単に言った。これまでもずっとこのスタイルで生きてきた。「いなかったら、帰ればいい」

「ホント、自分勝手ねえ。長男、長男って、ずっと甘やかされて育ったからじゃないの」

ふん、と新平は笑うと、ほら、おでこの汗を拭って、と自分のハンカチを妻に渡した。

公園からさなえの家に電話をすると、留守だった。

「また、かけます」

新平が名前とメッセージを残すと、

「ほら、どうするの」

と英子が言った。新平は手帳を開き、挟み込んだ地図を見て、いろいろ下調べをした情報を確認した。

「あっちに、童謡のモデルになった場所があるって」

新平の説明に、いらない、いらない、とばかりに英子は首を振った。

「たき火のモデルだってよ。童謡のたき火」

　とりあえず言葉は繰り返したけれど、英子はとにかく腰の重いタイプだった。

「たき火の」

表情を読んだ新平は、

「じゃあ、やめ」

と立ち上がった。妻の行きたがる場所ではないだろうとは思っていた。

「どこ行くの」

「こっち」

新平はそれ以上言わずに、童謡『たき火』の歌詞が書かれたという場所とは、逆方向を差して歩きはじめた。

かきねのかきねのまがりかど、と大きく歌いながら歩いたのは、ほんのちょっとへそを曲げたからだ。

「やあねえ、子どもみたいに」

笑いながら言い、仕方なさそうに英子がついてくる。

かきねのかきねのまがりかど。たきびだたきびだおちばたき。

あーたろうか、あたろうよ。

だいぶ足の疲れはとれたのか、英子はちゃんと歩いている。

「こっちは、なに？」

と聞かれたので、たき火の歌をもうしばらく歌ってから、

「こっちは寿司」

新平が答えると、英子がぐいと近づいてきた。

第四話　秘密の調査

1

郷里に住む弟から電話があり、

「あんちゃんところは、ふたりとも行けるっぺ」

恒例の兄弟会の旅行について確認されたので、

「ああ」

新平はいつも通り、夫婦で参加するつもりで答えた。旅のしおりは少し前に郵便で受け取っている。

ただ、ここしばらくの妻の様子を考えると、ふと不安にもなった。以前のような物忘れや思い違い、軽い思い込みくらいならともかく、新平に浮気相手がいると言い張って、どんなに強く否定しても信じてくれないのでは困ってしまう。

自分がそばにいるときならまだしも、夜の女部屋でしくしく、しくしく泣かれたら女連中だって迷惑だろう。

「あんちゃん、どうした?」

「いや」

「なんか都合悪いけ?」

「大丈夫」

「じゃあ、ふたり参加でいいね」

「ああ」

妻の姉たちは十分に長生きしたが、新平のところも長寿の家系で、両親は共に九十代まで生きた。新平たちきょうだいも、五男四女、全員揃って元気だ。毎年そのきょうだいと配偶者で、一泊のバス旅行をする。

「また宴会も盛り上げるっぺよ」

「ああ、よろしく頼む」

電話を切ると、すぐそばに英子が立っていてびっくりした。

「誰から?」

「しげる」

「ああ、しげるさん」

女からの電話だとは疑っていないようで、そこはホッとした。受話器からもれる声が聞こえていたのかもしれない。

「なにを頼んだの、しげるさんに」

「なにって……兄弟会のことだよ。行くだろ、お前も。もう行くって答えたぞ」

「また勝手に。伊豆だっけ」

「うまい魚くえっぞ」

「行くわ」

「よし」

新平は大きくうなずいた。気心の知れた親族との一泊旅行くらいなら、どうにかなるだろう。「じゃあ俺は行ってくるから」

「どこに。え？　旅行？」

「散歩だよ」

「誰と」

「ひとり。見たいビルがあんの」

新平はさっさと玄関へ向かうと、いつものハンチングをかぶり、素早く家を出ようとした。が、やっぱり呼び止められた。丸い体を揺らして、英子がバタバタと追いかけてくる。

「なに」

「何時に帰るの」

「いつも通り。夕方までに帰る」

「冨子に会うんでしょ」

「しつこいね。あんたも」

「会うの？」

「会わない。会いません」

「ふうん。どうだか」

「信じなさい」

「今日の夜は、おうどんと、天ぷらにしようと思うんだけど」

「いつもだろ」

その組み合わせは月に五回はある。

「失礼ね」

「ちゃんと帰るから。夕食までに」

靴を履きながら新平は言った。こういうのはさっさと言い切って、出かけてしまうにかぎる。「行ってきます」

「行ってらっしゃい」

英子の声を聞いてほっとした。近頃は散歩に出かけるのも、ひと苦労だった。

明石家は郷里M町で、もともと和菓子屋を営んでいた。

新平自身、あまり考えたこともなかったけれど、大のあんこ好きは、案外、そこに由来するのだろうか。

新平の父は長男で、本来なら家業を継ぐはずだったのに、その役をすっぱり弟に任せると、向かいに住んでいた大工の棟梁に弟子入りをした。建前に呼ばれてお遣いに行くたびに、みんなでお酒を飲んでいていいなと憧れたのだった。

もちろんそんな憧れを抱くくらいだから、本人もずいぶん酒飲みだった。

一方で新平の母は、夫や職人たちが、毎日のように酒を飲むのを嫌がっていた。新平は体質的に酒に強くないタイプだったけれど、それは母方の遺伝なのだろう。

また、戦前から母にはハイカラなところがあり、トマトケチャップやウスターソースを使った料理をよく食卓にのせた。カレーライスやアイスクリームを作ってくれたこともある。大正生まれの新平が高齢になっても洋食好きなのは、そのせいもあるのかもしれない。

和食ひと筋、煮物の得意な英子とは、食の面でも、母はきっと折り合いが悪かったに違いない。

新平が家を飛び出して、東京で所帯を持ったのは、だから結果として正解だったのだろう。幸い、郷里の本家は新平のすぐ下の弟が継ぎ、老いた父母の面倒もみてくれたから、新平たちはこれまで介護の経験もなく年を重ねることができた。

もっともそのかわり、新平の仕事をずっと手伝わされたと英子は言うのだろうが。

2

明石家のきょうだい、男五人のうち、東京に出たのは長男の新平と三男の定吉の二人だった。

昭和二十五年に神田の鍛冶町で偶然再会してからは、一緒の建設会社で働いたり、新平が建てた家に定吉が居候したりと、とりわけ近くで親しくしていた。

もっとも、新平たちきょうだいは、総じて仲がよかったから、近くで暮らすのが誰であっても、きっと新平は同じようにしたし、相手も同じようにしてくれたことだろう。

実際、年若い妹たちに、

「あんちゃんのところから、専門学校行かせて」

「私も」

と頼られれば、新平は生活費全部の面倒をみたし、妹たちは少しでも新平の妻を助けようと、言わなくても家事をよく手伝ってくれた。

一番上から下まで、年が一回り以上も離れていると、下のほうの弟妹の面倒を、上の兄姉がよく見るのが当たり前で、そのせいで絆が強かったのかもしれない。

とくに何人も子を産んだ新平たちの母は、やがて乳の出が悪くなり、下の子三人は、山羊(やぎ)の乳で育てられた。毎日、庭で飼う山羊の乳をしぼるのは、年長者の仕事だった。

「私が毎日、山羊の乳しぼったのよ〜」

というのが、新平のすぐ下の妹、さとえの口癖だった。

きょうだいが三人、新平の家の二階に同居していた頃は、みんなまだ若かったこともあって、酒を飲まなくても、夜は宴会のような楽しさだった。

しょっちゅうバカを言って笑っていた。

新平が「明石建設」を興してからは、定吉も会社をやめて一緒に働くと言ったけれど、万が一にしても共倒れは避けたほうがいいと、年上らしく説得して、もとの建設会社でそのまま働いてもらった。

定吉が新平の家を出て、気っぷのいい美人と所帯を持ったのが昭和三十二、三年だったか。

それで運気が変わったのか、定吉は大手の建設会社に転職して、ずいぶん羽振りもよく、パリッとした。

赤羽に居を構えたのは、たまたま仕事に都合がよかったからのようだったけれど、

「ほら、俺が兵隊に入るのを見送ってくれたろ。赤羽まで。あれは昭和二十年」

新平がふと思い出して指摘すると、

「そうだ！　あれが俺の最初の東京だった。なんか馴染みがあったのかもなあ」

定吉は懐かしそうに言った。

南池袋に不思議な雑居ビルがある。

そんな地域ニュースを見て、新平はすぐに手帳に控えておいた。日陰がほどよくひんやりして、かといってまだ寒々しくはない。歩くには一番いい頃だった。

区役所のそば、広い公園のすぐ近くにそのビルはあった。建築家、梵寿綱（ぼんじゅこう）という人の設計による建物らしい。

こりゃ面白い、とまず外観を見上げた新平はにんまりした。角地に立つ八階ほどのビルは、とにかくデコラティブ。かたち自体も洒落（しゃれ）た欧風建築といった趣（おもむき）だったが、なにより目を引くのは、コンクリートの白い外壁に施されたレリーフだった。

あるところは植物の葉のようでもあり、あるところは鳥の羽根のようでも、虫の脚のようでもある。その浮き彫りを、オーロラのような、プリーツめいた波が縦横につないでいる。

さらに角の上方には、ビルの三階ぶんほどを使った、ひときわ大きな彫刻があった。

西洋の紋章のようなそれはどこか神々（こうごう）しく、アンモナイトや三葉虫といった、古代生物の化石にも見える。縦位置に二つはめ込まれた黒く丸いガラスは、ふくろうやライオンといった、剝製の目にも見えた。

一階に居酒屋らしい店舗が入り、壁際にはコカ・コーラの赤い自販機も置かれていたけれど、とても街中にある一般の商業ビルとは思えない。むしろマニアックな彫刻家が、人里離れた地で、何年も何十年もかけ、ひとりこつこつ作り上げた秘密の城という風情があった。

「施工主がよく許したな」

新平はにやりと笑い、はっきりと声に出した。

明石建設でも一級建築士を頼み、七階建てのビルや中規模のマンションを施工したことがあったけれど、もしこんな設計を渡されたら困ってしまう。

ビルの中へはあちらの入口をご利用ください、と自転車置き場らしいスペースの外に札がかかっていた。

開店前の居酒屋を越えて、ビルの端、もう一つの入口を覗く。そちらにはマンションの看板があり、住居にもなっているとわかった。

細やかな八角形のタイルの壁と、そこにステンドグラスのランプが美しく灯っているのが見える。

しかもよく見れば、その灯りは、壁から突き出た彫刻の手が支えていた。

これはもっと中を見たい。

ふらちな了見はかけらもなかったから、高齢にも免じてエントランスまでの侵入は許してもらおう。コンプライアンスという言葉を聞いたこともない時代に会社を経営していた新平は、ためらいなく足を踏み入れた。

日本の家紋のような、刀のツバのような模様の描かれた床のタイルは、赤と青、同柄が二色あって、それが交互に敷かれている。

なるほど、凝ってる、と足元の様子にうなずいた新平は、すぐに天井を見上げてびっくりした。

ビーズのように細かなモザイクタイルで、赤、青、オレンジ、ピンク、金……天井がカラフルに彩られている。

「ここは、建二の家か?」

万華鏡の中に入り込んだようだった。ちょっと高齢の婦人が好みそうな、機械編みセーターの模様にも見えた。

鉄の門をくぐっていくと、薄暗いエントランスの白いタイルに、ステンドグラスの灯りが反射していよいよ幻想的だった。

ランプを捧げ持つ人の腕が、一本、二本、三本……。

むう、と声にならない声で感心しながら奥に進むと、がらんと広いエレベーターホールは、もはや洞窟のように見えた。

壁に使われていたタイルが今度は床に敷かれ、壁面はもっと小さな、茶と黒の迷彩柄のタイルになっている。

それが岩肌を思わせるのだろう。

ステンドグラスのランプは、ここではついに両手で捧げ持たれている。

そしてその上ぎりぎりまで、つららでも下がっているように、マカロニのような、こちらを向いたたくさんの白いパイプが張りついていた。

鍾乳洞のイメージかもしれない。

「これはすごいな」

新平はひとりごちた。とても自分の想像できる範囲の建物ではない。パイプと反対側の壁に、白いカーテンのような彫刻に飾られた鏡がはめこまれているのも美しい。

銅製だろうか、彫刻のベンチも置かれていた。

ひとりがけのものが二つ。二人がけのものが一つ。

どちらもベンチの両端に手が刻まれている。人がモチーフになっているらしい。

中でも二人がけのベンチが新平の目を引いた。

　真ん中の仕切りが、顔のない女性の裸体になっている。その体から伸びた両手が、背もたれから両側の手すりまで届いていた。女体なので仕切りにはへそがあり、二つの乳房が突き出している。

「なるほど」

　新平はそのベンチに腰かけると、一応あたりを見回してから、指先で彫刻の乳房に触れ、ふっ、と笑った。

3

　近隣にもう一棟、同じ建築家のビルがあり、そちらはどこか山奥の部族の、呪術的な装飾を思わせる壁面をしていた。すぐ中が飲食店のようだったので入らなかったが、入口に置かれた銀色のカエルのオブジェも可愛らしかった。

　新平は大満足して東口へ向かい、ロータリーの脇、いつもあんみつドーナツを買うベーカリー、タカセの二階に上がった。

　たまにその喫茶室で休みたくなる。

落ち着いた内装で、奥に細長い。壁にいくつも洋画が飾られ、ツタの絡まる観葉植物、斑入りのポトスがいたるところに置かれている。中ほどの席に新平が着くと、顔なじみのウエイトレスが水とおしぼりを運んできた。

「おじさん、こんにちは」

ゆみちゃん、という、目元の涼しげな美人だった。建二の古い知り合いで、お母さんの看病をしている。

「お母さんは元気？」

「あ、おかげさまで、最近だいぶよくなりました。薬が合ってるみたいで」

「そ。よかった」

「私、今度、チャメとライブ行きますよ」

「チャメ？」

「チャメゴン……あ、建ちゃんです」

「建二か」

新平は、ふっ、と笑った。「メニュー、ちょっと考えていい？」

「もちろん」

注文を決めかねたので少し待ってもらう。夜はうどんと天ぷらだ。ここは軽く済ませておこうか。

品書きをじっと見て、長考し、よし、とゆみちゃんを呼ぼうとすると、ちょうど近くにいなかったので、挙げかけた手を一旦下ろして待った。待っている間にまたメニューが気になってきた。

すぐ隣のテーブルで、若い子がピザトーストを食べている。ゆで卵とドリンクのセット。秋なのに、夏の盛りみたいな格好をしていた。ほとんど肩の出るような半袖のシャツにキャミソールを重ね着して、短いスカートからきれいな脚が伸びている。羽織るものはべつに持っているのかもしれない。

彼女の咀嚼（そしゃく）のタイミングを見計らい、ん、と咳払いをしてから、新平は声をかけた。

「ちょっと、食事中に悪いんだけど」

「はい」

と彼女は指先をこすり合わせて、新平を見た。まつ毛がくるんと長い。

「……これ、かわりに頼んでもらえるかな？　俺だと、断られちゃうかもしんないから」

言いながらメニューを突き出し、つんつん、と文字を指さして見せると、一瞬、

怪訝そうにした女の子はすぐに笑い、

「いいですよ」

と言った。

ちょうど近くを痩身のマスターが通りかかったので、彼女がさっと手を挙げた。

「レディースセットを」

注文すると、隣で様子を窺う、がっしりとした白髪の老人を手で示した。「このおじいちゃんに」

マスターはうなずくと、小さく歩いて新平の前に来た。

「レディースセットですね」

「これ、俺が頼んでもいいかな」

「大丈夫ですよ」

「あ、そう、よかった」

レディースセットには、ハーフサイズのミックスサンドイッチとケーキ一品、ドリンクがつく。

「飲み物は、コーヒー」

「ホットでいいですか」

「うん。ホットで」

「先にお持ちしていいですか」

「先で」

「ケーキは？」

「なにがあるっけ」

「メニューに写真が」

スマートなマスターが指差して教えてくれた。「ショートケーキ、モンブラン、デラックスプリン、クレームドショコラ……」

新平は少し考え、

「ケーキ、なにが美味しいかな」

マスターにではなく、隣のテーブルの女の子に訊いた。

今度は咀嚼のタイミングを見ていなかったのと、もう自分の役目は終わったと安心していたのか、女の子はだいぶ慌てたふうだったけれど、質問の内容は理解したようだ。ごくり、と口の中のものを飲み下してから、

「え？　あ、モンブランとか、美味しいですよ」

と言った。

「そう。じゃあ、モンブラン」

新平は注文した。復唱したマスターに、はい、とうなずき、食事の邪魔をした女の子に礼と詫びを言う。

それからガラス越しに通りの景色を見た。

ふくろうのかたちの交番。バスやタクシーが並ぶロータリー。その向こうの西武百貨店。

喫茶室、とガラスに大きく書かれた白文字が、店内からは裏返しに見える。

子供たちを連れてこの喫茶室や、上のレストランに来たことを思い出す。お子様ランチが好きなのは孝史だったか。建二はいつだってプリンアラモード。雄三はいつから必ず二品注文するようになったのか。考えるうちにコーヒーが届いた。

「ポトス、また増えたね」

「あの絵も東郷青児（とうごうせいじ）？」

「昔、銭湯で東郷青児のタイルが流行（はや）ったんだよ」

戻ってきたゆみちゃんにときどきそんなことを話しかけながらコーヒーを飲み、新平はいつもの手帳を広げた。

ちびた鉛筆であれこれと書き込み、ぱらぱらとめくり返す。

そうしていると、今年一年ぶんの手帳が、自分の過去とずっとつながっているような不思議な気持ちになる。きっと未来にもつながるのだろう。あと何年あるかはわからないけれど。

やがてレディースセットのプレートも届いた。

届けてくれたのはゆみちゃんだった。サンドイッチとモンブランの一緒に載った、大きなお皿を新平のテーブルに置く。ハーフと書いてあったミックスサンドが、しっかり四切れ、食パンにすると優に二枚以上ありそうだったのが想定外で、

「多いな、これ」

新平は声に出すと、

「これ、ケーキどうぞ」

大きな皿を隣の女の子のほうに差し出した。

「私？」

「そう」

「え。いいです、いいです。おじいちゃん。いいから」

女の子は顔の前で何度も手を振って、身を引き気味に遠慮した。けれど、ちょうどいい具合に、ピザトーストのお皿が空いている。

「いいから。そこに取って。俺はサンドイッチでいっぱいだから、ケーキ食べて」

新平が手を突き出し、断固として言うと、女の子は、いいです、いいです、とまだしばらく断ってから、根負けしたのか、いよいよぺこりと頭を下げた。ショーケースから取り出したばかりといった様子のモンブランを手に取って、自分のお皿に移す。

「いただきます」

という彼女の声を聞きながら新平はコーヒーに口をつけた。

「あんちゃん、うちの仕事もやらねえか」

昭和四十年代に入ってすぐ、三男の雄三が生まれた頃に、定吉からそう声をかけられた。公営団地を建てる現場に明石建設が入ったのは、それがはじめてだった。

せっかく紹介してくれた弟に迷惑をかけないよう、癒着だ不正だといった悪い噂が社内で立たないよう、いつもながらの丁寧な仕事を心がけ、職人たちへの目配りと気配りも忘れなかった。

その姿勢が評価されたのだろう。

「明石建設さん、こっちも頼むよ」

おかげで大きな仕事がつづけて入るようになった。

東京はもちろん、神奈川は久里浜、千葉は木更津、栃木は佐野……と赴くエリアも広がり、得意の一戸建て住宅をあわせれば、同時に六つの現場をかかえていた時期もあった。

社員を七人に増やし、必要に応じて現場を任せてもいたけれど、社長の新平はとにかく忙しかった。

大手建設会社の所長といった人を招き、接待する毎日だった。

やがて埼玉の入間(いるま)で、総戸数三百もあるマンションの建設も請け負った。これは明石建設が施工主となった、一番の大仕事だった。

「そろそろテレビのCMでもやったらいいんじゃないか、あんちゃんのところ」

バーだとかクラブだとか、きらきらしたお店にも定吉と行った。新平はとにかくお酒に弱かったので、乾杯だけ付き合うと、あとはお茶ばかり飲んでいたが、女性が大勢いるお店は嫌いではなかった。そういった華やかな場で、本来なら接待される側の定吉が威張りもせず、いちいち自分を立ててくれるのも長男として嬉しかった。

「広告か。いいな。なんて宣伝する」

「うーっ」

「アイディアはないのか」

「そうだなあ、この団地もこのビルも、私たちの名刺です、明石建設、なんてどうだろう」

「なんか、男の顔は履歴書、みたいだな」

そんな大ボラまがいのことを言って笑い、付き合いで上品に笑う女性たちの、薄いドレスの胸元から立ち上る、くらくらするような甘い香りをかいだ。それは成功の香りだと新平は思った。

そして毎回、店を出るまでには必ず、

「俺よお、一人だけ養子に出されて、ホント、寂しかったんだよ」

定吉は戦後すぐのことを、ぐちぐち言うのだった。もうとっくに大阪の万博も、札幌の冬季オリンピックも終わっていた。

「忘れろ。忘れちまえ。嫌なことは。T建設の課長……じき部長だろ」

「でもさ、あんちゃんだって、偉いよ、無一文の駆け落ちから、東京で会社作っ新平はそこだけは決して譲らなかった。

「いや。俺は家出して結婚したの。駆け落ちじゃない」

て成功して」

4

レディースセットのサンドイッチは、マヨネーズがさっぱり、トマトときゅうりがひんやり、しゃっきりして美味しかった。

「ゆみちゃん、また」

喫茶の会計を済ませ、一階のベーカリーで家へのお土産を買う。定番のあんみつドーナツの他に、モカドーナツとこしあんパン。

その足で事務所に行くと、向かいの更地から、「売り地」の札がなくなっていた。

買い手がついたのだろう。

そこに住んでいた女優のことは、今もときどきテレビで見る。

不倫がどうなったのか、ドキュメンタリー映画の監督だという夫とは離婚したのか、双子の息子と娘はどうなったのか。

新平は一切知らなかったから、「よし。元気だな」とテレビ画面を見て思っていた。三味線を教えるときに気がついた、細いわりに豊かに見えた胸のことも、ちらっと思い出す。

パソコンで調べれば、ゴシップ記事のひとつも見つかるかもしれないけれど、それはしなかった。

一旦、事務所に荷物を置くと、軍手をはめて外へ出た。

アパートの通路や階段、郵便受けの下なんかを掃き、ほんの少しの雑草を抜き、黄色くなってきた落ち葉を片づける。

向かいとのあいだの道も、住みはじめてだいぶ長い間、砂利道だったと思い出した。

大通りはともかく、路地がすっかり舗装されたのなんて、都内でもずいぶんあとだ。息子たちだって、中学に上がってからだろう。

掃除を終えて事務所に入ると、手洗いとうがいをし、新平はほっと息をついた。

趣味の本や写真集がいっぱいあり、世界につながるパソコンがあり、三味線を楽しむこともできる。

思えばここは、人生ではじめて、新平が一人で過ごす家かもしれなかった。いつも通り、ポットでお湯を沸かし、日本茶を淹れる。

英子に浮気をとがめられたのは、ここがまだ自宅兼事務所だった頃だ。確かカナダのモントリオールで、オリンピックがあった年だった。新平は相撲以外のスポーツにあまり興味がないので、ほとんどテレビの中継を見なかったけれど、ネリー・キムというソ連の女子体操選手は、魅力的だと思った。黒い髪を留め、体もほどよく丸みを帯びている。

「消すわよ、テレビ」

「どうして」

「話があるの」

「話……? ああ」

見ていたテレビを消され、しんとしたダイニングで、細いコップに注いだ麦茶に口をつける。

ぬるい、と思わず声に出した。煮出したのを冷まし、ちょっと冷蔵庫に入れたぐらいだったのだろう。新平は湯上がりだった。腰にタオルを巻いただけで籐の椅子に座り、ゆるい扇風機の風に当たっていた。

「氷入れる?」

「そうだな……いや、いい」

新平は不吉な予感がして、落ち着かなかった。食事はとっくに済ませていたけれど、小鉢にあった赤カブの甘酢漬けをボリボリとかじり、ぬるい麦茶をまた一口飲んだ。

家族以外にも、社員や職人たちもよく利用するダイニングキッチンのテーブルには、透明のビニールクロスがかかり、真ん中に醤油差しと塩こしょうの容器、爪楊枝(つまようじ)立ての載った小盆がある。

息子たちは、もう二階で休んでいる時刻だった。上二人は中学生、一番下も小四と大きくなった。

長男の孝史が学校の友だちとうまくいかない、ずっとうまくいかない、花子(はなこ)ちゃんが怒ってるのかもしれない、と生まれなかった子の名前を出してまで英子はずっと気に病んでいたから、またそのことだろうか。

「なんだ、話って」

新平は先を促した。妻がなんだか大げさな身振りで、革のバッグから事務用の大きな茶封筒を出して、テーブルに置いた。

黒々とした文字で、興信所の名前が書いてある。

「写真が入っているわ」

と芝居くさく英子は言った。「どう？　覚えがあるでしょ」

英子はテーブルの向かいに座ると、くりっとした目で、悪戯っぽくこちらを見た。娘時分からの得意のポーズだったけれど、だいぶ体が膨張して、昔よりコミカルに見えた。

それだけ貫禄がついた、ということだろうが、さて、どう切り抜けようか、新平は考えるのに精一杯だった。

「……頼んだのか、そんなところに。バカだな。もったいない」

背中と腿のうらを、つーっと不快な汗がつたうのを新平は感じていた。

約束した通り、夕食どきより前に家に帰ると、玄関にまた大きな女の靴があった。

「どうした、今日は」

玉のれんをじゃらじゃら鳴らして居間に入ると、やはり次男の建二がいた。

「男にでも振られたか」

「ひどい、なにそれ」

「ひどいんだよ、そのおじいさん」

英子が言った。日本茶を淹れ、お茶うけにせんべいをかじっていたようだ。

「悪人なの」

「誰がだ」

「毎日毎日、よく会うね、冨子に」

「おまえこそ、毎日毎日よく疑うね」

「お父さん、今日はもうごまかせないよ、もうママにも報告したから」

首にレインボーのスカーフを巻いた建二が言う。

「なにを」

「今日のお父さんの悪いこと」

「してないぞ、なにも」

「タカセの二階で若い女の子に、ケーキをご馳走したでしょ。すぐにLINEきたよ。ゆみっちから」

「早いな。もう聞いたのか。チャメゴン」

「チャメゴン？」

英子が首を傾げた。

「建二、そう呼ばれてるんだってな」

「ちがーう、チャメゴンじゃないよ。チャメ子」

建二が身をよじらせて言った。「私、お茶目だからそう呼ばれてるの」

「おまえら仲がいいんだな。いっそ結婚すればいいのに」

「誰と」

「ゆみちゃんとだよ、彼女も独り身だろ」

「なんであたしが女と結婚するのよ」

「しないの？」

「しないわよ」

「チャメゴンの相手はやっぱり男か……」

テーブルには長男もいた。相変わらず生気のない顔をして、ぽつぽつと無精ひげを生やしている。おせんべいを食べたのだろう。ビニールの空き袋が、前に二つ三つ放り出してあった。

荷物を置き、手洗いとうがいをする。女ふたりに見える母と息子が、とりとめのない、どうでもいいようなことをくっちゃべっている。長男は黙っていた。

「よーくそんなことしてるんだね、お父さん。わかったわ、私。この人のこと、もう信じられない」

「ねー。ナンパだもん、八十九で、やだやだ、男って」

次男が老母をたきつけている。困ったやつだ。まだぎりぎり八十八歳の新平は、うん、と咳払いをした。

「そんなんじゃないって。俺のは、ただの親切。若い子が、デザートもなしに、パンとゆで卵だけ食べてったらつまんないでしょ。量だって足りないし。だからケーキあげたの」

「またあ」

英子と建二が同時に笑った。新平はそれ以上の反論をする気はなかった。

「……まだ食事の支度しないの？」

十分ほど様子を見てから新平は言った。

「え、もうそんな時間？」

「あ、ほんとだ、急がないと」

英子と建二が慌てて台所に立ち、長男の孝史はそーっと二階に上がった。いつも六時半、と決まっている夕食に、たぶん支度が間に合いそうにない。さすがに月に何度かは、そんな日があるのだけれど、そういうとき孝史の様子はてきめんにおかしくなった。

天ぷらとうどんの用意ができたのは、やっぱり七時前で、新平が部屋まで呼びにいくと、孝史は小型犬が怒ったようなよくわからない返事をした。

テレビもラジオもつけずに、ベッドにぼんやり座っている。

孝史の部屋を覗くのは久しぶりだと思いながら、中へ進むと、身構えるのがわかった。もとから大人しい孝史は、「入ってくるな！」といきなり暴れるようなタイプではなかったけれど、そのかわり新平とは絶対に視線を合わせずに、不快の念をあらわしているようだった。

くしゃっと床に落ちていたタオルと靴下を拾い上げて、

「ほい」

と息子に渡そうとしたけれど、ぴくりとも動かない。仕方なく簡単に畳んで、ベッドの上に置いた。

「早く下に来なさい、わかった？」

言って、部屋を出た。

予定より遅くなった夕食を四人で食べていると、そこに三男が帰った。

「ただいま。あ、建兄がいる。なんの集まりですか、今日は」

太い腰をチノパンで包み、チェックのネルシャツを着ている。電話の横、カギ置きのトレイに車のキーを置いた。新平が二十年も前に買った大型の国産車のキーだった。八十歳になって免許を返納してからは、ときどき三男が使っている。でも税金や車検費用、整備代、保険料等は全部、新平が変わらず払っていた。三男は長男のことを孝兄と呼び、次男のことはいくら女っぽくなっても建兄と呼ぶ。その呼び方は、子どもの頃からずっと変わらなかった。

「なんだ、勢揃いだな。今日は正月か」

濃いつゆのうどんをすすり上げ、新平も言った。実際のところ、全員が揃うのは最近では滅多にない。それこそ盆と正月くらいだった。

神経質な孝史は、うどんの汁にも天つゆにもつけないエビの天ぷらを大きく齧ると、まだのどを通らないうちに、もう次の一口を食べたようだ。

当然、口の中がいっぱいになったのだろう。もごもご、もごもご、苦しそうにしている。そうやって食べ物が口の中で大渋滞するのが、長男が不安な気持ちで食事をしているときの特徴だった。

「ゆっくり食べなさい」

新平は言い、ティッシュを一枚抜くと孝史のほうに差し出した。あいだの建二がそれを受け取って、兄に渡す。ずっと家にいて、ご飯を食べさせてもらって、なにが不安だというのだろう。自分でエサを獲れない不安かとも思うけれど、さすがにこの家族もそろそろ終わりそうに見えて、ますます落ち着かないのかもしれない。

「そうだ。ちょうどみんなが揃ってるから、いい機会だし、お父さんに一つ提案があるんですけど」

レトルトの豚の角煮を一品追加して食べている雄三が、にこにこと言った。

「提案?」

「家のことで」

そういった込み入ったタイプの話をするのは久しぶりだ。

今年からまた同居しているとはいえ、生活時間帯がまるで違っていたし、成人した息子とは、なかなか必要以上のことは話さないものだった。

成人したどころか、三男はもう四十八歳だったけれども。ことに金の無心を新平がきつく突っぱねてからは、むしろ雄三のほうがよそよそしく、家の中でも父を遠ざけている気配があったのに、それが自分から提案とは。

「なんだ？　家のなに？」

「家のお金のことなんですけど。そろそろ僕が管理しましょうか。生活費やアパートのメンテやなんかも。どうせいつか相続するなら、早いうちにこっちに任せてくれれば、運用でもなんでも、僕がちゃんとやりますよ。お父さんも大変でしょう」

いつだって自分に甘いおデブの三男が、にこにこ、にこにこと言う。

「は？　そんな、泥棒に金庫のカギを預けるような真似ができるか」

新平が即座に拒絶すると、

「ひどい」

借金づけの三男が、どうやら本気で傷ついたような表情をした。まさか本気で、よかれと思って提案しているのだろうか。

甘い。その甘さに頭がくらくらした。

「なに言ってんの。そんなことはいいから、早く金返してくれ、二千万。利息はいらないから」

新平が言うと、二千万、という具体的な金額に、孝史と建二が驚いた顔をした。

孝史は今度はイモの天ぷらを喉につまらせている。

第五話　秘密の話

1

新平に女がいる。

田丸屋の富子という女と、ずっと付き合っている。

伊豆への旅行中、英子は行きのバスからさっそくそんなことを訴えはじめ、昼食のレストランでも、カピバラのいる伊豆シャボテン動物公園でも、絶景の城ヶ崎海岸でも、暇さえあれば親族の誰かを捕まえては、我が家の一大事を告発しようと努めたから、そのたび新平がさらりと注意喚起をし、話の腰を折ることになった。

「惚けちゃってんだよ、こいつ。気にしなくていいから」

十月下旬、明石家兄弟会恒例の、バス旅行での話だった。

「嘘よ！　この人はまた、そんなひどいこと言って。毎日浮気してるのに、どうにか隠そうとして」

夫の容赦ない物言いに、英子は気色ばんだけれど、新平は、ふん、と笑って取り合わなかった。毎年、風景写真を年賀状にしている新平は、小型のデジタルカメラで景色を撮るのに忙しい。かわりに新平のきょうだいや、その連れ合いたちがなだめてくれた。

「義姉(ねえ)さん、毎日浮気なんて、そんなことないって」

「気にしすぎよお」

「あんちゃんだって、もういい年だっぺ」

「金婚式もとっくに迎えた夫婦なんだから、義姉さん、どーんとしなくちゃ」

「それだけお義兄(にい)さんが好きってことよね。ごちそうさま」

それが応えたらしい。

初日の観光を終え、夕方、下田の温泉旅館に着いて男女別々の部屋に分かれ、すっかりよーし、晩飯までにひとっ風呂浴びてくっか、と新平のかけ声のもと、すっかりじじいばかりになった弟たち・義弟たちと温泉につかり、裸のまま外の美しい景色を眺め、揃いの青い浴衣姿で小宴会場に乗り込んで待つと、ほどなくあらわれた女たちの中、英子は明らかに不満げな様子だった。

　こちらも揃いの赤い浴衣は着ていたものの、わいわいきゃあきゃあと楽しげな輪には加わらず、ひとりぽつんと歩いて来る。

「なんかお義姉さん、疲れたみたいよ。さっきから、あんまり喋らなくって」

　末の妹がさっと新平に近寄ると、気をつかって小声で教えてくれる。ああ、とうなずいて、新平は妻を手招きした。

　英子は黙って新平の横まで来て座ったけれど、妹の言うとおり旅の疲れもあったのだろうか、機嫌は一切直らなかった。

「おい、どうした」

　新平が声をかけても、ぷい、と横を向いてこちらを見ようとしない。そのかわり、ひとり黙々と料理を食べつづけた。お造りも金目鯛の煮付けも茶碗蒸しも、目の前に出されているものはすべてきれいに平らげていく。

「さすが義姉さん、すごい食欲だね」

「これ、私のぶんも食べる？」

「あら、すごい。なくなった」

「やけ食いよ」

と、ほかの親族とは話しても、

「おい、もういい加減にしとけ。腹こわすぞ」

新平の忠告には無反応だった。

やがてはじまったきょうだいたちの余興にも、ほとんど目もくれずに食べる。幹事を務めるしげるの腹踊りや、定吉夫妻の寸劇『金色夜叉』、末の妹、はるえの唄う『天城越え』にも、終わると拍手を送るばかりで、それよりも石焼きのステーキを食べ、ご飯をかき込むのに夢中な様子だった。

「次は義姉さん、歌お願いします。義姉さん、明石英子さん」

マイクで指名されても、食べている。

「義姉さん、武田節」

リクエストの声も、「いい、いい、私、音痴だから」と拒否して食べつづけた。

かわりに新平が立って『花笠音頭』を唄った。「めでためでた〜の〜」と、アカペラで声を張り上げると、兄弟会のみんなが「ちょいちょい」「やっしょーまかしょー」と合いの手を入れる。これは盛り上がった。歌い終えると、明石家兄弟会全員の変わらぬ健康を祝して、一本締めをした。

そして戻った新平に、げふっ、と妻は満腹のしるしを聞かせた。ただ、それ以外には、ずっと新平に対しては口を利かないままだった。

翌日になってもそれは変わらず、朝食のときも、二日目の観光中も、干物の並ぶお土産店でも、いよいよ帰りのバスの中になっても、新平との対話は拒否していた。

よほどつまらないか、不満を感じているのだろうとは新平もわかっていたけれど、せっかく年に一度の楽しい親族旅行だ。ありもしないことをぺらぺら、ぺらぺら喋られるよりはましと放っておいた。

もとより新平の世界観では、女というのはおかしなことですぐ感情的になり、きーきー、わーわー騒ぐ生き物だった。それが受け入れられなければ、今度はふて腐れる。かと思えば、いつ機嫌が直ったのかとこちらが驚くほど、気がつくとケロッとしているのだから、いちいち真面目に取り合っていては身が持たなかった。

「なあ、定吉。そうだろ」

休憩に寄った海老名(えびな)のサービスエリアで、連れションをしながら弟に確かめると、

「ああ、あんちゃん。そりゃそうだ。こんなときは放っておくしかない」

定吉は力強く同意した。「うちだって同じさ。いや、それが男にできる唯一のことかもしれないな」

「男にできる唯一のことか。なるほど、うまいこと言うな」

新平は、かっ、と笑った。さすが、建築業界の好景気に乗じて、さんざん好き勝手をした挙げ句、揃って同時期に浮気がバレ、妻にこってりとしぼられた同士だった。

お互いまだ元気なうちに、どこかへふたり旅でもするか、北海道なんてどうだ、と定吉と盛り上がってお手洗いを出た。

郷里のM町へと帰るチャーターバスから、東京住まいの三夫婦だけ新宿で降ろしてもらい、地下鉄を使う末妹のはるえ夫妻とはその場で、埼京線で赤羽に帰るという定吉夫妻とは、JRの改札を抜けてから別れた。

「じゃあ、あんちゃんまた」

「ああ、お疲れさん」

「義姉さんも、今度ゆっくり美味しいもの食べに行こうよ。長崎ちゃんぽんのいいお店があるから」

「そうね。お疲れさま」

ようやく妻の顔にいくらか明るさが戻ったかと新平が喜んだのも束の間、ふたりきりになると、英子はまた硬い表情になった。

ただ、よそよそしく離れて行くのではなく、逆にすっと身を寄せて来ると、新平の脇腹を、ぐい、ときつく拳で突いたから、いきなり刃物で刺されたのかと新平はどきりとした。

「ひどい男だね」

情念のドスを新平の脇腹に刺したまま、英子は低く言うと、それからまた無言になった。

池袋で山手線を降り、荷物もあるからとタクシーで家に戻った。

べつに一日二日なら放っておいても死なないだろうが、念のためにと、留守中の長男の世話を三男に頼んであったけれど、ここ一番で役に立たない男だ。車庫が空っぽだから車で出かけたのだろう。

家に上がるとかわりに次男がいて、晩の支度をしているようだった。

「あら、おかえりなさい。どうだった？」

ひらひらのエプロンを腰に巻いた建二の姿を見ると、妻はグチを言えるとほっとしたのだろう、

「悔しい」

と、さっそく涙声で言った。

「なに、どうしたの？　旅行楽しくなかったの。天気よかったじゃない」

慌てた様子の次男に、

「全然楽しくなかった。私の話をみんなが信じないように、あの人が先回りするから」

妻は力強く言うと、手荷物とお土産を居間に運んでいる新平のほうを向き、真犯人を告げる目撃者みたいに、真っ直ぐ指をさした。

2

十月の終わりに新平が八十九歳になり、十一月の半ばに英子が八十八歳になった。

今年もまた夫婦でひとつずつ年を重ねることができたけれど、もちろん、ひとつ年を重ねても、新平のルーティーンに変化はなかった。

目覚めると、まずオリジナルの体操をマットレスの上で四十五分。ヨーグルト中心の健康朝食をとり、天気がよければ庭に出て、胡蝶蘭とエビネの手入れをする。

庭には昔からの物干しがあり、隣家との境に梅の木と柿の木がある。

梅は建売を買ったときから植わっていたもので、柿は越して来てから妻が植えた。農業を営む英子の実家の庭には、大きな柿の木があったから、その記憶がよみがえったのかもしれない。昔は実を収穫してご近所や知り合いに配ったものだけれど、十年ほど前に、柿好きの中本が亡くなってからは、喜んでくれそうな知人を思い浮かべるのが難しくなった。今年も実が熟れる頃だ。

新平はいつも通り、胡蝶蘭とエビネの様子を丁寧に見た。土の乾燥具合を確かめ、水と肥料のあぶらかすをやり、鉢を動かして日の当たり方を変える。エビネは昔、松戸の現場で職人が見つけた苗を、巡り巡って分けてもらったものだった。

これまで見たことがない、めずらしい花だと職人が持ち帰ったエビネを、企業で植物の研究をしている弟に見せると、

「兄貴、これ、新種だよ」

と一騒動になったという話だった。その新種を栽培し、株分けした職人がその後に建てた豪邸を、建築仲間たちは「エビネ御殿」と呼んだ。

あやかりたい、と庭にエビネを植えた知り合いは多く、新平もそのひとりだった。もちろんすでに広まった新種を、ずいぶん遅れて自宅で栽培しても、御殿どころか庭に物置を建てることもできなかったけれど、おかげで丹精すれば、春にはきれいな花が咲く。

庭から上がると、新平は老眼鏡をかけて朝刊をじっくり読んだ。人口減少。少子高齢化。被災地復興。米軍基地辺野古移設反対。

洗濯機を回しているのか、英子が洗面所と居間を行き来している。

新平と目が合うと、ふん、と顔を背けて通り過ぎた。兄弟会の旅行以来、妻は妙にふさいでいるか、そうでなければつんけんした態度をとることが多くなった。まるで町一番の美人が、ちんぴらに言い寄られたときのような仕種だったが、東京の女学校を出て、M町で高嶺の花と呼ばれた娘時分に気持ちが戻っているのかもしれない。

この前、旅先での不満をたっぷり聞かされたあと、

「お父さんが、毎日こそこそ出歩くのがいけないんじゃないの？　だからママも疑うんでしょ。もともと信用ないんだから、いい加減ふらっと出かけるのやめたら？　ずっとママのそばにいてあげなさいよ」

赤い口紅を塗った次男に意見されたけれど、一人前のようで、やはりあの自称長女はなにもわかっていない。

　この年になってどうにか動けるのは、毎日欠かさず歩いているからだった。体操だってそう。一日休めば次の日は億劫（おっくう）になり、やがてなにもしなくなるに決まっている。

　英子の姿が見えなくなった隙を狙い、新平はそーっと散歩に出ようとして呼び止められた。

　二階にいたようだ。

　玄関の手前でぎくっと振り返ると、荷物のせいで狭くなった階段を、丸い体がバタバタと下りて来ようとする。

「危ないから、ゆっくり」

　新平は仕方なく妻の身を案じ、逃げはしないとその場に止（とど）まるアピールをした。きちんと階段を下りるのを待ってから、話しかけた。

「なに」

「帰りは何時」

「ああ。いつも通り。夕方には帰る」

「冨子……」

「会わない、会わない」

もはや冨子の名前が出るのには慣れっこだった。軽く応じて、新平は素早くハンチングをかぶった。

外は日が照っているのに、だいぶひんやりする。そろそろ冬に向けて、ニットキャップを用意したほうがいいかもしれない。

池袋に向かって散歩をしていると、よさそうな絵画展をやっているのを見つけた。

ビルの一階にあるフリースペースだった。個展の案内がかかり、通りに面した大ガラスから、中の様子がよく窺える。力強い画風の絵に囲まれて、妙齢の女性がひとり座っていた。

「見せてもらっていいかな」

ドアを開け、その女性に声をかけると、どうぞ、と招いてくれた。画家の名前は男のものだったから、関係者だろうか。細いフチのメガネをかけて、就職活動でもするような黒いスーツを着ている。知的で上品な雰囲気の女性だった。

「祖父の作品なんです」

「そう、おじいさんの」

「あの、祖父とは」

「いや、通りすがりで」

新平が首を振ると、女性は感じのいい笑顔を向けて、

「どうぞ、ゆっくりご覧ください」

と言った。なにかのセールスみたいではなく、十分にもてなしの心を感じさせる。どう見ても二十代半ばといった年頃で、立派な言葉づかいだった。

大きなサイズの、濃密なタッチの油彩画が十点ほど飾られていた。二つ三つ風景画が交ざっているほかは、どれも裸の女性が描かれている。床に髪を広げ、仰向けに寝ている女。尻をこちらに向け、うつ伏せになった女。放心した表情で横を向く女、など。

そのうちの一点、洋間の籐椅子に、足を投げ出した裸婦が座っている絵に新平は惹きつけられた。

むっちり筋肉質な印象の裸婦だった。顔はかすかにうつむいて、鎖骨がくっきりと浮かぶ。そしてその体から飛び出すように、おわん型の乳房が白く正面を向

いていた。

「よろしかったら、どうぞ」

先の女性がお茶を淹れ、丸いお盆で運んでくれた。どうも、と受け取って口をつける。小さな紙コップに、熱いほうじ茶が入っている。

「絵、お好きなんですか？」

「ええ」

「お描きになるんですか？」

「いや、俺は見る専門だよ」

新平は答えた。自分では描かないが、ヌードのデッサン集なら何冊も持っている。詳しい技法のこともわからなかったが、心からの衝動に突き動かされ、裸婦の絵を見た回数なら自慢できるかもしれない。

「これ、モデルは全部同じ人？」

新平は、ぐるりと見回した。髪形や体形が少しずつ違っていても、見るうちにそんな気がしていた。

「そうですね、祖母がモデルらしいです」

「へえ。あなたの、おばあさん」

新平は感心してうなずいた。長く妻だけを描いたシリーズなのかもしれない。豊満な肉体で、モデルになったのは、二十代から四十代くらい……。「若い頃の作品かな」

「たぶん。いつの絵なのか、詳しくはわからないんですけど。祖母はもう他界して、祖父はそれよりも前に」

言うと、女性は記帳台にしているテーブルから、画家のプロフィールを印刷した紙を一枚取って戻った。「祖父は昭和五年、大阪の生まれです。……亡くなったのが五年前」

「そう。俺より若いのに」

「去年、祖母が亡くなって、今、父が実家の片づけに通ってるんですが、そこに祖父の描いた絵がたくさんあって。祖父は神主の子なんです。小学校の頃から絵の才能を認められて、画家になるように先生に勧められたらしいんですが、べつの道へ進んで。ただ生涯、絵は描いていたようです」

「そう」

「個展を開くのが夢だったそうなんで、祖母も亡くなったことですし、父が個展を企画して、私はその手伝いです」

なるほど、とうなずいた。

「よろしかったら、これ」

新平は女性からプロフィールを受け取ると、カラになった紙コップを返し、あらためてゆっくりと絵を見て回った。

やはり籐椅子の絵が一番生々しく、新平にはしっくりと好ましかった。籐椅子の女、とタイトルを書いた小さな紙が下に貼ってあった。

「俺にも絵が描けたら、な」

ぽつりつぶやくと、椅子に腰かけた女性が、ふんわりと微笑み、うなずくのが見えた。

でも今の自分では、いくら絵を残しても、あのダメ息子たちがいつか個展を開いてくれるとは思えない。孫もいない。

この絵の作者と、モデルは幸福だと思った。

「いい絵だった。どうもありがとう」

礼を言って絵画展を出た。

それからゲームセンターの下にあるフラミンゴという純喫茶に入った。

ちょうどエレベーターを点検中で、地下二階まで階段をつかうと、不思議な隠れ家に潜む気持ちになった。

店内では、いくつかあるテーブルの列を、中央で水槽が仕切っている。キャビネットのような、木の家具にぴっちり収まった水槽だった。

新平は水槽に面した席についた。メニューをじっくり見て、一日限定十食のオムライスを注文する。それから持ってきた文庫本を開いた。

書店のカバーがしっかりかかって外からはわからないはずだが、官能小説だった。

ほどなくふんわりとしたオムライスが届いたので、素朴な手作り感のあるそれを味わいながら、本を置き、自分の横の水槽に目をやった。

たっぷり繁った水草の上を、エンゼルフィッシュやグッピーが泳いでいる。

昔、熱帯魚を飼うのがやけに流行した時期があったのを思い出した。

昭和三十年代後半から、四十年代がピークだっただろうか。多くの家の玄関やリビングには、四、五十センチ幅から、もっと大きいような水槽があり、ぷくぷく、ぷくぷくとエアーが浮き上がっていた。

明石建設の事務所にも、その頃、六十センチほどの幅の水槽がふたつあった。

トイレとの間仕切りに置いた棚の上に、きちんと設えて、溝にはめて並べてあった。飼っていたのは熱帯魚ではなくて金魚、ワキンやリュウキン、黒デメキンだったけれども。そこによく子どもたちが、近所の縁日ですくった金魚も放していた。

ふだんは乾燥餌をやっていたが、たまに気が向くと、新平は行きつけの金魚店に寄って、高価なイトミミズを買って帰った。活き餌はやはりご馳走なのか、円錐形の給餌器にセットすると、金魚がわっと集まってくる。ただ、それを食べると、みんな長い糞をするので、マメに網ですくうのが子どもたちの役目になった。

そういえば出入りの左官が急に亡くなった日に、水槽の金魚が、きれいに全部浮かんでいたことがあった。観賞魚が好きで、事務所に顔を出すと、決まって金魚の水槽を覗いて帰る男だった。

今思えばたまたまだったのだろうが、さも両者の死に因縁があるように話し、みんなで不思議がったものだった。その手の話は、次男の建二が熱心だった。身を震わせ、声を裏返らせて話していた。

予言だとか、霊だとか、超能力だとか。オカルト的なものが流行ったのは、熱帯魚ブームのあとだっただろうか。

自宅を椎名町に移して、二階をアパートに改築した頃には、確か事務所の水槽はなくなっていた。

オムライスを平らげると、新平はコップの水を飲み、また本のつづきを読む。

純白のエンゼルフィッシュの周りを、小さな色とりどりのグッピーが泳いでいる。

3

純喫茶のフラミンゴを出て、三原堂でお気に入りの薯蕷饅頭を買うと、新平は早めに事務所へ寄った。

「裸婦像」からはじまり、あれこれパソコンで検索して見ているうちに、なにをどう操作していいかわからなくなった。

というか、なにをどう触っても画面が反応しない。インターネットのブラウザも、開いたまま、閉じなくなっている。

さっそく建二に電話をかけ、

「おい、パソコンがこわれた」

いきなり用件を告げると、

「えーっ、今忙しいんだけど」

いつもなら、そう文句のひとつも言うところなのに、

「あ、これからそっちに行こうと思ってたところ。ちょうどよかった。じゃあ今から寄るね」

妙にあっさり応じたから拍子抜けした。「事務所に行けばいい？　四、五十分かかると思うけど」

「ああ、そうしてくれ」

新平は応じて、それ以上の反応は聞かずに電話を切った。


「あれ、お客さんは？」

久しぶりに事務所に来た建二は言った。中学校の途中までは自宅だった場所だけれど、今ではパソコンのメンテナンス以外で顔を出すことはまったくない。

「お客さん？　いないぞ、そんなの」

「なーんだ。また昔のエロ仲間と集まってるのかと思った」

「もう死んじゃったよ、中本も。並木（なみき）はずっと病院だし」

「でも一緒に見てるかもよ、お父さんのうしろから」

相変わらずオカルトが好きなのか、建二はそんな非現実的なことを言う。

「いや、それはないな。あいつは洋モノ専門だから」

「やめて！　知りたくない」

不潔、とばかりに建二は言うと、手を洗い、まずパソコンの不具合を直そうと事務机に向かった。

ぎい、と椅子の背もたれを鳴らしてすぐ、非難めいた声を上げる。

「なに、これ、検索ワード、〈アダルト〉で固まってるよ」

「ああ、ちょっと調べてた」

新平は次男の横に立ち、画面を見つめた。ブラウザのウインドウが山ほど開いて、へんな動きをするバナーがたくさんうごめいている。

「いろんなの見すぎだって！　これじゃ固まっちゃうよ」

建二は、ふう、とため息をついた。「ほんと、スケベだね。びっくりする。どうしてこんなの見たいかね」

ふっ、と新平は笑った。

よく見れば今日は、建二はスカートのようなズボンではなく、ひらひらのロングスカートをはいているみたいだった。べつにどちらでもいいが。新平は若い頃、新宿の居酒屋のトイレでいきなり男に股間を摑まれ、こら、と頭を叩いて引きはがした経験があったから、男色家というものに対して決してよい印象を持っているわけではなかったけれど、かと言って、全員が全員そんなことをするわけがないとは当時も思っていた。

「おかしなサイトから請求が来ても、サギだから絶対にお金払わないでね」

なにごとか作業をしながら、建二が言う。

「え、そうなの？」

「払ってるんだね、もう」

「いや、そんなことは……ない」

そういえば子どもの頃、建二は事務所にいるお兄ちゃんたちと遊ぶのが好きだったけれど、あれは建築の仕事にではなく、お兄ちゃんのほうに興味があったのだろうか。確か、一番のお気に入りは、大工の高木（たかぎ）だった。

そんなことを考えているうちに、パソコンの再起動する音が鳴った。

「今、どこ触った」

新平があわてて訊くと、

「言っても覚えないでしょ」

建二は笑ったけれど、どこを押したのか教えてくれた。それをパソコン用のノートに記しておく。

無事パソコンが立ち上がって、またぱちぱちとキーを叩くと、

「直った」

と建二が言った。

「あ、そう。よかった」

せっかくだから、ついでにデジカメの写真を取り込んでくれるように頼んだ。

この前の、兄弟会伊豆旅行の写真だった。

「ここに入れればいい？」

デスクトップにある、写真用のフォルダに保存してもらう。半分は観光地の風景だったけれど、あとの半分は親族の直近の写真だったから、建二もいちいちチェックして、容貌の変化や、兄弟会の相変わらずの雰囲気なんかにコメントする。

さんざんそんなことをしてから、

「これ、なに？」

同じフォルダに保存された、べつのファイルを建二が勝手にクリックした。絵画教室、という名前にひかれたのかもしれない。

「絵だよ。頼まれて撮ったんだ」

「へえ」

またエロを期待したのか、淡い風景画を撮影した写真ばかりが開いたので、建二は拍子抜けしたような声を出した。


「ご苦労さん」

新平がお茶を淹れ、さめたお茶は捨て、自分も新しいのを淹れて飲んだ。

「助かったよ、今日は」

応接ソファに向かい合い、新平は礼を言った。お茶うけに、買ったばかりの薯蕷饅頭を出す。「これ、食べなさい」

「出た。褒美の甘いもの。お殿様みたい」

建二はお茶を飲み、ぱふっと薯蕷饅頭を囓った。甘い物が好きなので、嬉しそうに首を小さく振り、五十男とは思えない可愛らしさでにこにこする。

新平も同じ饅頭を囓り、いつもながらのねっとりした皮の食感と山芋の香り、さっぱり上品なあんこの味に感心した。さすが三原堂の和菓子。日本茶との相性も抜群だった。

「ところで……建二。おまえ、仕事は暇なのか」

新平は、ふと気になって訊いた。

「え、なんで？」

「最近よく来るじゃないか、こっちに」

「暇ってことはないけど、今日はちょっとお父さんに話もあったから」

「話？　なんだ？」

「あ、うん」

建二はお茶をもう一口飲んだ。それからちょっと息も呑んだ。そういうとき、一番新平と似た唇のかたちになる。「私、いろいろ調べたんだけど……」

「なにを。手術でも受けるのか」

「手術？」

ピンクのだぼだぼのセーターを着た建二が言った。大きなトートバッグを開くと、浮気調査でもしたような茶封筒を、すっとテーブルに置いた。

新平の脳裏に、昔、ここで英子に問い詰められたときのことが瞬時によみがえった。

フラッシュバックというのだろうか、全身がびりっとする。

「これは？」

「認知症のこと」

「ああ……ママのこと」

新平はホッとしてうなずいた。

「いろいろ資料、プリントしておいたから」

「そう」

新平は封筒を手に取ると、指で口のところを広げて中を覗き、あっさりそれを自分の後ろ、茶棚の上に置いた。

「見ないの？」

建二が怪訝そうに言う。ああ、と新平はうなずいた。詳しいことは、あとでひとりで見たい性格だった。

「でも、やっぱりそうなのかな……。認知症か？」

「わかんないけど。早くお薬飲んだほうがいいらしいよ。今は……どうしてるんだっけ？」

「今は精神安定剤みたいなのだな、前にもらいに行ったやつを飲んでる。しくしく泣いて、夜、眠れないみたいだったから、俺が広田先生に相談して、そっちを処方してもらった」

　広田病院は、ここが自宅だった頃からのかかりつけだった。院長は新平と同じ年の生まれで、昔は若かったが、もちろん今は立派な老人医師だった。現役で、大先生と呼ばれている。「その薬で、ちょっと効果を見てるところなんだけどな」

「そんな、お父さんの見立てじゃなくて」

　建二は呆れたふうに言い、しばらく黙った。「きちんと検査して、診断うけたほうがいいんだって。それで薬飲んだら、ある程度、進行が止められることもあるって」

　建二は心配そうに言って、それからふっと息を吐いた。

「メールにしようかと思ったけど、お父さん、なかなか開かないでしょ、メール。自分でアマゾンとか注文するくせに」

　パソコンの中のことはすっかり知られている。否定はできなかった。

「それで来てくれたのか」

「ちょうどお休みとれたし。ママが元気なさそうなのも、気になったから」

「そう」

と新平はうなずいた。「でも行くかな、ママ。病院に。頭がおかしいなんて言ったら、絶対に嫌がるぞ」

「そんなふうに言わないで、お父さんが一緒に健康診断受けようって誘ったらいいじゃない。ふたりで、っていうことだったら、ママも安心するんじゃない？先生にお願いしとけばいいでしょ」

「……そうだな」

いい提案をすぐに受け入れるのは、会社を経営してからの新平のスタイルだった。「建二。おまえ、なかなか役に立つな」

殿様というより、牢名主のような姿勢の新平は、封筒を置いたうしろの茶棚から、とらやの羊羹を一本取り出して、金の延べ棒のように建二に差し出した。

「チャメ、これ。持って帰りなさい。ご褒美」

「もう、本当にここって貨幣があんこなんだから」

いらない、と言っても無駄なことは建二もわかっているのだろう。素直に褒美を受け取ってバッグにしまった。

「でも、お父さん、本当に浮気してない？ 私、まだそっちも疑ってるよ」

唇を丸くして、からかうように建二が言った。

「するか。バカバカしい」

「なんか怪しいんだよね」

「怪しいもんか」

新平は言うと、手帳を開いた。もともと気が早いタイプなので、今度は妻をいつ病院に連れて行けばよいか、もう考え始めている。その手帳を次男がそっと覗いた。

「わ。なに書いてんの。それ。いっぱい書いてある。エロノート？」

「日記兼、予定表だな。ママの様子も書いてあるぞ。泣いた日とか、おかしなこと言った日とか」

新平は隠しもせずに言った。身を乗り出した次男がよく見えるように、テーブルの上を滑らせる。

「ねえ……冨子、って書いてあるけど、ここ。あ、次の日も、あ、全部だ」

「それは、冨子に会ってるって、ママが疑った日」

「会った日じゃなくて？」

「会わねえだろ、そんなの」

「そうだよね」

建二も納得したのだろう、もう一度手帳を見てから閉じて、新平に返した。

「なんで、ああなるかな」

新平は、ぽつりと言った。自分の観察眼は、どこか感情と切り離されたところにあるような気がしたが、それは若い頃に戦争を経験したからかもしれない。

「さあ」

建二は小さく首をかしげている。おかっぱの髪が、頬のあたりをさらりと揺れた。本当は言いたいことがあるのに、なにかを言わずにいるようにも見えた。

夕食には建二も連れて戻り、孝史と英子の四人で食べた。

途中の焼鳥屋で、名物の一口サイズのうなぎ串を買って帰ったが、英子はそんなことより、自分の知っている密かな新平の悪事を、うんうんと聞いてくれる話し相手がいて嬉しそうだった。

いつもの三倍の勢いで話し、明るく笑って満足そうだった。

「じゃあまた来るね」

長いスカートを揺らして建二が帰ると、家の中が急に静かになった。

英子は洗濯物を畳みながら、ＢＳの韓国ドラマの録画を見ている。孝史はリモコンを手に、ＣＭの飛ばし係として途中までそれに付き合ってから、二階に上がった。

ふたりが今日はいいと言うので、新平は自分でお湯をはって風呂に入った。

ゆっくり入浴したあと、髪を乾かし、歯を磨き、パジャマを着て布団に入ろうとすると、先に休んでいた英子が、布団の中でしくしく泣いているのが聞こえた。

「なに、どうしたの」

訊くと黙っている。

「おい、おばあさん。大丈夫か」

返事もないので、スモールライトになっていた蛍光灯のひもを二回引いて、部屋を明るくした。

すると妻がのっそり身を起こし、やはり新平が浮気をやめないと責めるのだった。

「浮気なんて、してないさ」

新平は布団の上に座って答えた。

「嘘ばっかり」

「嘘じゃない」

「嘘、嘘。冨子に会ってたでしょ、今日も」

英子は言うと、鼻をすすり、濡れた目尻を親指でぬぐった。泣き真似ではなくて、本当に涙を流していたようだった。

「なあ、さっき見てなかったか？　建二と一緒に帰ってきたろ。今日は事務所でパソコンやってたよ、建二と」

「その前よ。どこにいた」

「それは、フラミンゴでオムライス……いいだろ、なんでも」

「ほら、浮気だ。冨子だ」

「してないさ」

「じゃあ証拠を見せてよ」

妻はそんな要求をした。

「証拠ってなんだよ。もう寝るぞ」

いい加減いらっとして、新平は立ち上がった。蛍光灯のひもを引こうと手を伸ばすと、

「エロじじい、ちんこ見せろ！」

英子が思いきりストレートな表現をしたので面食らった。妻の口から、そんなあけすけな言葉を聞くのははじめてだった。

「はあ？　なに言ってる。どっちがエロなんだ」

「よく見たことないから、見せろ！」

言うと英子は、パジャマのズボンごと、新平のパンツをぐいっと引きずり下ろした。

どこにそんな運動能力を隠し持っていたのか、ラグビーのタックルのような、スピードと力強さだった。

「あっ」

新平が驚きの声を上げるよりも早く、風呂上がりの下半身が、べろん、とむき出しになった。

第六話　秘密の思い出（一）

1

病院に行くぞ、と新平が言うと、誰が、と英子は不思議そうな顔をした。

「おばあさん」

新平は丸い体の妻を指差した。

「私が？　なんで」

英子は湯呑みをテーブルに置いて、首を傾げた。自分におかしなところがあるなんて、少しも疑っていない顔つきだった。

「健康診断を受けんの。高齢者の」

「健康診断？　どこで」

「広田病院」

ぶっきらぼうに告げてから、新平はふっと笑った。ばさっ、と一度大きく広げてから、朝刊をきれいに畳み直す。朝のルーティーンをひととおり終え、いつもだったら、そろそろひとりでこっそり散歩に出ようかという頃合いだった。「俺も一緒に受けっから、健康診断」

「お父さんも？」

「ああ」

英子の頬のあたりに、まんざらでもなさそうな笑みが浮かぶのを、老眼鏡を外した新平は見逃さなかった。

一緒に健康診断を受けようと誘って連れ出せばいい、という次男坊の提案は、なかなか効果的だったようだ。

「やあねえ、急に。いつ行くの」

まるで意中の男から、思いがけずダンスに誘われた娘のような口ぶりで英子が訊いた。もったいをつけた中にも、喜びと恥じらいとが感じられる。

「これから」

「え、今日なの？　無理でしょ、そんなの。私、お風呂だって入ってないわ」

「いつも入ってないだろ」

新平は言うと、かっ、と笑った。

英子は、ふんっ、と鼻息を荒らげたけれど、風呂嫌いなのは事実だった。夏でも冬でも、とにかくなかなか入りたがらない。しかも若い頃から、入ったと思うともう出てくる、典型的なカラスの行水タイプだった。

「大丈夫だって、服なんて脱がないから」

「そうなの？」

「ああ。血を採って、血圧を測って、おしっこと、CTと、あとは身長と体重？　それで、先生と少し話すだけだろ」

「でも……いきなり行って、健康診断なんてしてくれないんじゃないの？　いくら広田先生のところだって」

「大丈夫、もう連絡してあっから」

「嘘でしょ」

英子は呆れたふうに首を振った。

「見せろ！」

と、妻に勢いよく飛びかかられ、新平がパジャマのズボンとパンツを引きずり下ろされたのは一昨日の夜だった。

風呂上がりの下半身を、べろん、とむき出しにされ、いよいよこれはまずいなと新平は悟った。

結婚して六十五年。なにか悪いモノに取り憑かれたように、夫の下半身を狙ってくる英子を見ることになるとは、夢にも思わなかった。

さすがにトイレで出会った痴漢じゃあるまいし、こらっ、と頭を叩いて引きはがすわけにもいかない。

「待て！」

新平は妻を片手で制し、もう片方の手で、どうにかパジャマのズボンを引き上げたのだった。

中でパンツがたごまって不快だったけれど、それは我慢した。話せばわかる、とばかりにてのひらを向けた左手の、指のすきまから英子の険しい目が見えた。

「どうした、急に」

言いながらあとずさり、妻の出方を窺った。

英子はなにか答えるわけでも、つづけて襲ってくるわけでもない。そうやって一分ほどが過ぎただろうか。おそるおそる新平が手を下ろすと、英子はこちらを見て、涙を流していた。

両方の目からたくさん。

さらには口を開けて、声にならない泣き声を上げているようだったから、新平は参ってしまった。

病院に連れて行かなくちゃいけない、と強く思ったのはそのときだ。

もちろん、これまでだってまずいとは思っていたのだけれど、実際のところ、身に覚えのない浮気を疑われるだけなら、馴れてしまえばさほど苦にはならなかった。

冨子、冨子、と昔なじみの女の名をしつこく持ち出されるのには閉口しても、そもそも新平が外出するのを、妻が疑わしい目で見るのはめずらしいことではなかった。

会社の羽振りのいい頃には、さんざん女遊びをしたのだから仕方がない。興信所に調べられ、相手を突き止められたのも、一度ではなく二度。

だから帰宅が遅くなれば、まず浮気を疑われて当然だったのだけれど、そんな「お盛んな」時期も過ぎ、五十代のときにはきつくお灸を据えられ、最後の浮気相手とも別れさせられた。

以来、新平はすっかりと枯れた暮らしぶりなのに、事務所をアパートに建て替え、その一室で明石建設をひとり細々とつづけていた六十代半ばから七十代の頃になってもまだ、英子からは事務所に電話がかかってきた。

まるで抜き打ち検査のように、

「あら、いたの。何時に帰る？」

決まってその日の予定を訊くだけの、他にまったく用のない電話だったから、ああ、また無駄な心配をしているのか、と新平はいつも呆れていた。

「おっ、浮気の心配かい？　社長、もてるからなあ」

エロ仲間の中本たちにも、たびたび笑われたものだった。

半隠居のじじいが集まり、顔をつきあわせて、悪ガキみたいに女の裸の品評会をしているところだ。そこに老いた妻から、浮気を疑う電話がかかるのだから、これはもう恰好のからかいの材料だった。

「いるの？　今。これ」

洋モノのビデオを漁りながら、中本が小指を立てたことがある。中本は電気職人で、並木は大工、もうひとり、自動車屋の小嶋という男が遊びに来ることがあったけれど、そのときには来ていなかった。

「いるもんか。もう……そんな元気はねえな」

「じゃあ、今はカミさんひと筋か」

「いや、俺は、あいつには指一本触れないって決めてるから」

新平が言うと、その場にいた中本と並木が清々しい冗談を聞いたように笑った。

新平も笑ったが、その時点で、妻との間にそういった関係がなくなって久しいのは事実だった。

妻が股関節をいためて身動きできなくなったときにも、新平は同じようなことを口にした。

十年ばかり前の話だ。

動けないまま、妻が下着を汚したのでまず風呂で洗ってやろうとして、一騒動になった。

「ほら、お父さん、夫婦でしょ。ママを脱がせてあげてよ」

手助けに来た建二に言われ、新平は、ふん、と笑った。

「やだね。俺はこいつには、もう指一本触れてないから」

そのときは、気心の知れたエロ仲間たちとは違い、

「ひどい」

と次男に睨まれてしまった。なにもできずに、おろおろとくっついている長男も冷たい目で見ていた。

リフト代わりに呼んだ怪力の三男に脇をかかえられ、いたいいたい、いたいいたい、と騒いでいた英子も、きっと同じ恨みを抱いていたのだろう。

だから一昨日の夜、

「よく見たことないから、見せろ！」

と妻に襲われてみれば、新平自身、因果応報と思うところがないわけでもなかった。

これは、はるか昔の浮気を責められているのか。

それとも妻への長い不実を責められているのか。

「大丈夫だから、落ち着け」

いかにもその場しのぎの言葉を口にするのも、新平にすれば、昔なつかしい修羅場のかおりがした。

「薬は？　薬は飲んだのか」

訊くと、涙を流しながら、妻は首を横に振った。

「よし、待ってろ」

新平は言い残して台所に行くと、パンツをきちっとはき直し、しっかりおへそが隠れるくらいまで、パジャマのズボンを引き上げた。

それからコップに水をくんで和室に戻ると、

「これ飲んで寝ろ」

前に処方してもらった精神安定剤を与え、英子を布団に寝かせた。

すんすん、すんすん、と妻が鼻をすする音が聞こえる。

いつも通り、コンセントに挿した常夜灯だけを残して、新平は蛍光灯のひもを何度か引いて真っ暗にした。

自分も布団に入ると、ゆっくり目を閉じた。

妻の泣き声にあまり気を取られると、またあのタックルに襲われることになるかもしれない。老夫の下半身を狙う、あのいやらしいタックルに。

すんすん、すんすん、と鼻をすする音はつづいている。

新平は耳なし芳一か、娘道成寺（むすめどうじょうじ）かといった心持ちで、その落ち着かない夜を過ごした。

2

英子なんて嫁とは認めない、と頑固だった新平の母も、晩年は惚けて、本家を継いだ弟夫婦がずっと面倒をみていた。

夜に振り袖を羽織って、お嫁に行く、と家を飛び出したこともあったらしい。何年か前、兄弟会の旅行で新平は聞いた。もう母親が亡くなってだいぶ経っていたけれど、その話は初耳だった。英子は聞いたことがあったようだけれども。ひらひらと夜道を走る母の姿を想像すれば、さすがに胸の痛むところはあったから、当時はあまり大っぴらにしなかったのかもしれない。

「でも幸せならよかっぺよ、お嫁に行くんだから」

「違いねえ」

M町に住むきょうだいの間では、すでにそうまとめられる話になっていた。そんなふうに聞かされると、確かにそうだなと新平も納得した。

そもそも明石家のきょうだいには、そういうゆるいところがあった。長寿の家系のせいもあって、他界するのは大往生で、父の葬儀のときも通夜が

大宴会になった。出棺前、棺に故人の大切な物を入れるようにと葬儀社の人に言われ、

「だったら、ばあさん入れろ」

と盛り上がった一族だった。そんな冗談を言って笑っただけならまだしも、本当に嫌がる故人の妻、つまり自分たちの母親を抱き上げ、棺に入れようとしてひどいことになった。抱き上げたのは、きょうだい一のお調子者の定吉だった。

「やだよ、おやめよ」

母がどうにか逃れようと手足をばたばたさせて、取り落とさないようにと慌てた定吉は、よろけて自分が棺桶に足を入れた。

「……次は決まったな」

父の葬儀で、そんなひどい予言まで振りまくきょうだいだった。

結局その予言ははずれ、母が先に逝ったけれど、男五人女四人のきょうだいはまだ誰も亡くなっていない。

「あんちゃん、やっぱり次は俺かもしんねえ」

毎年、区の健診を受けるたびに、八十歳を越えた定吉本人が予言を警戒しているのが、五つ年上の新平にはおかしかった。

病院に行くから車で送ってくれ、と三男の部屋まで頼みに行くと、日はすっかり高いのに、道楽者の三男はまだ寝ていた。何日か前、うちも物入りだから少しはお金を入れるように文句を言うと、だったら土地を担保に大きく借りたらどうでしょうとムシのいい提案をしたので、今すぐ出て行け、と叱りつけたのだった。

少しはしょげているかと思えば、バカバカしい。トドのように、というより、トドそのものがベッドに横たわり、大きく腹を揺らし、歯ぎしりをしている。

上下ともに黒のジャージを着て、髪は短く、首が太い。掛け布団は、ベッドの脇に蹴り落としていた。

「おい」

声をかけても、起きる気配がない。ひとり暮らしを引き上げたときの荷物が、六畳の洋間に積み上がっていて、足の踏み場もない。目立つのは、グラビアアイドルのパネルや大量のＤＶＤ、写真集。そこに子どもの時分から集めているくまのプーさんのぬいぐるみが、大小取り交ぜて二十から三十ほどはあった。

「おい。雄三、起きろ」

新平は部屋の電気をつけて、もう一度声をかけた。

こうやって寝ている間にも、千円、二千円、三千円……と、借金の利息が着実に増えているとは考えないのだろうか。

考えないから、寝ていられるのだろう。度胸があって結構なことだけれど、いつも最後に尻拭いをさせられる新平のほうがいい迷惑だ。空いた時間にアルバイトでもしろ、とたまりかねて意見すると、そんなあ、と低い声で答えて、いつもニヤニヤ笑っている。身内でなければ、とっくに口もききたくないところだった。

「雄三、おまえに、大口の借金取りが来てるぞ」

実際、大金を貸している新平が言うと、三男は腕で目を隠しながら、太い体をひねり、

「なんですか」

と、ようやく言った。

「おい。病院に行くから送ってくれ」

「病院……ってどこの」

「広田病院」

「広田……病院？」

腕で顔をぬぐうと、やはりトドのように目をぎろっとむいて、雄三はさらに白

髪交じりの頭をなでた。「ああ、広田クリニックのことですか」

「そう」

「クリニックと病院は違いますよ」

「なに？」

「クリニックと病院は、入院できるベッドの数が」

病床の数で名称が違う、ということらしい。その説明をひとしきり聞き、あ、そう、と新平はうなずいた。どっちだっていい。

「どうなんだ、それで」

新平が訊ねると、

「なにが……？」

と、雄三はあくびをした。

「だから、車出せるのか？　俺だけなら歩いて行くけど、おばあさんも一緒に行くのに、歩くの嫌がるだろ。だから病院……クリニックに送ってほしいんだけど」

「えーっと、今日は無理です」

「早く言え」

新平は吐き捨てるように言って、踵を返した。

部屋を出るのになにかを蹴ってしまい、いてっ、と声に出した。見ると一枚だけ、ＤＶＤが廊下の向こうまで滑っている。憤慨した新平はどしどしと進むと、それを拾い上げて、パッケージを眺め、しばらく借りておくことにした。

二階には三兄弟、それぞれの部屋があった。

階段から一番近い孝史の部屋は、ぴっちりとドアが閉まっている。きっと中でラジオでも聴いているのだろう。その向かい、次男の建二が使っていた部屋は、今では英子の着ない衣装を並べた記念館になっている。

すぐ脇がお手洗いで、もう二十年……二十五年ほど前から、外のスイッチの下にぺらりと貼り紙がしてある。

もしかすると同じ内容の貼り紙を、何度か書き直しているのか。

そこには筆ペンでさらっと描いた電球の絵に添えて、英子の気取ったくずし字で、

「わたしを忘れないで」

と書いてあった。

「タクシー呼ぶか」

一階に下りて、相変わらず支度に時間のかかる英子に声をかけると、

「あら。いいの？」

と声を弾ませた。動きやすい格好を、と伝えておいたから、丸首のシャツにニットのジャケット、スラックスをはいている。「でも、もったいないんじゃないの」

「じゃあ歩くか？」

「嫌よ」

会話のちぐはぐさは、べつに加齢のせいではない。もともとの性格や、考え方の違いが大きいのだろう……とこれまではずっと思っていたけれど、もうそうとばかりは言っていられないのかもしれない。

「近くで悪いんだけど」

タクシー会社に連絡して、一台寄越してもらう。

車を待つ間に電話が鳴り、出ると姪のさなえだった。

「おじちゃん、今、大丈夫？」

「いや。今……病院に行かなくちゃいけねえんだ」

新平は答えた。さっきから何度も見た壁の時計を、もう一度見上げた。

「病院？　どうしたの？」

「健康診断、英子と」

妻の姿が見えたので、手招きして受話器を渡した。「さなえ」

いよいよ認知症ということになれば、やはりさなえには伝えたほうがいいのだろう。新平は頭の中で、そんな先走った計算をする。昔、居候をして、さんざん世話になったすみれ姉ちゃんの娘。英子方の親戚で、今、一番近くに住んでいるのがさなえだった。

英子とふたり、バスで新井薬師まで会いに行って、空振りだったのがもう一ヵ月半……二ヵ月近く前になる。あのあとすぐ、さなえからは留守だった詫びと、また今度、折を見て会って話したいという内容の電話がかかってきた。

今日はあらためて、その日取りを決めるための連絡だったのかもしれない。

それとも新しく、なにか伝えたいことがあるのか。

「うん、大丈夫よ。今、タクシーが来るの待ってるところだから。なんか、自分勝手なおじいさんが、予定決めちゃったのよ。いつだって、私の都合なんか、なんにも聞いてくれないじゃない」

英子はずいぶん調子よく話している。

3

明石建設でさなえが事務員として働いたのは、彼女が都内の高校を出てすぐ、昭和四十九年の春からだった。

新平の妹たちが、とっくに嫁いで出て行ったあとだ。経理の仕事で忙しく、すぐにいっぱいいっぱいになってしまう英子のサポート役として、気心の知れた姪っ子はうってつけだろうと、新平のほうから頼んで来てもらった。

さなえは利発なやさしい娘で、小学校に上がる頃には、駄菓子屋を営むすみれ姉ちゃんをよく手伝い、中学生になれば、もう家事をひとりでこなしていたらしい。高校は都立。丸顔で愛嬌のある英子やすみれ姉ちゃんの血筋なのに、ひとり彫りの深い、きれいな顔立ちをしていた。

「すみれ姉ちゃんは、よっぽど、いい男に言い寄られたんだな」

お相手を知らない新平は、そんな適当な感想を口にしたけれど、ついそう言いたくなるくらい、さなえは器量よしだった。デパートの婦人服売り場にある、美人のマネキンみたいだった。

「そりゃあ、女がその人の子を、ひとりで産んで育てるって決めた相手だからね」

英子はなんだか生々しいことを言った。

すみれ姉ちゃんのお相手の顔は、英子も見たことがないという話だった。

新平の息子たちにとって、さなえは従姉にあたったから、三人とも「さーちゃん」「さーちゃん」と呼んでなついていた。

孝史が小六、建二が小五、雄三が小二の年だった。

会社の事務のかたわら、さなえには学校から帰った息子たちの面倒もみてもらった。

おやつを用意し、遊ばせ、ときに宿題も教えてもらう。そんな「さーちゃん」のことを、三人はますます好きになったようだった。

孝史の初恋の相手は、その頃の「さーちゃん」だったんじゃないかと新平は思っている。

新平がおりにつけ、さなえの器量を褒めるせいで、身内のことなのに英子は拗ねたことがあった。

「どうせ私の顔は、あんパンみたいですよ」

ある夜、サザエさんのような髪形をした妻が言うので、もはや新平には妻があんパンにしか見えなくなった。

べつにあんパンは嫌いではなかったが。

「私だって、娘のときは、きれいきれい、って、さんざんもてはやされたのよ。お父さんだって、知らないわけじゃないでしょ」

サザエさんの髪形のあんパンが口を尖らせたから、

「知らないな」

新平はうそぶいた。

結婚したのが昭和二十四年だったから、そろそろ銀婚式という頃だっただろうか。新平は食卓にいつも用意されている赤カブの漬け物をぽりぽり、ぽりぽりと囓ると、

「郵便局の高嶺の花に、毎日いろんなことをさせて申し訳ないな」

同郷の妻に、ひとまず詫びを言った。

その頃の英子は、仕事が忙しい忙しいと騒ぐわりに、自分でも無茶をしているようなところがあった。

それがストレス発散の方法だったのか、子育ても大変なのに、ダルマインコを飼い、さらに犬がほしいと、雑種犬のちいこを連れてきた。

お向かいの長谷川さんちから、吠えるクロがいなくなって、今度はうちの番と思ったのかもしれない。

もっとも、英子は決定的にしつけや飼育が不得手なのだろう。ちいこは外犬だったけれど、犬小屋を引っ張って、家の前の道まで出てしまい、車のクラクションをビービー鳴らされていた。

ダルマインコのたーちゃんには、自分のことを、お母さん、と呼ばせようとして失敗した。しょっちゅう鳥かごに向かって、お母さん、と発音を教えていたのに、なぜかその言葉は一向に覚えず、かわりに英子がふだん一番口にする言葉を覚えたのだろう。

気がつけばたーちゃんは、お父さん、としゃべるようになった。

ひ弱な長男のことを思い悩んで、手かざしの道場に通いはじめたのもこの頃だった。

はじめはご近所の知り合いに紹介されて、仕方なく顔を出す、という話だったのに、やがて祭壇らしきものを家の中に設え、自分でも長男に手をかざすようになった。

さすがに祭壇を事務所に設置しようとしたのだけは新平が止め、家族の使う二階に変えさせたけれど、それでも勘のいい職人や、毎日のように一緒にいる社員なんかからは、

「社長。奥さん、どうしちゃったの」

妻の怪しい様子について、こっそり訊ねられた。

「ああ。困っちゃったな、あれ」

新平はまず本心を隠さずに言うと、

「そのうち飽きるんじゃないの」

「鰯の頭も信心から、ってやつだな」

「会社の金からは、一銭だって寄付なんかさせないんだけどな」

「万が一、勧誘されたら、きっぱり断ってくれな」

等々、そのときどきの思いを告げた。

そして姪っ子のさなえには、ことさら注意深く、間違っても引き込まれないようにと繰り返し伝えた。

「あいつに誘われないか？　隠さなくていいぞ」

訊くたび、さなえは、「ううん、全然」と首を振り、

「大丈夫。英子おばちゃんは、孝史君のことを本当に心配してるだけだから」

と言った。

英子だけでなく、孝史のこともやさしく気にかけてくれているようで、新平はありがたかった。

4

「苦手だわ、病院」

どこか他人事のように言う英子を連れて、なじみの広田クリニックへ行き、ふたりで健康診断を受けた。

高齢だから、脳のＣＴスキャンも撮っておきましょうと検査項目に入っていれ

ば、さほど不自然でもなく、認知症かどうか確かめることができる。

壁にカラフルな遊園地の絵のリトグラフがかかり、がらんと広い待合室に、長椅子がいくつも並んでいる。

大抵はこれくらいの年になると、病院で知り合ったという友だちがいたり、親しい近所の人と、あの病院へ行ったとか、この病院はどうだったとかの情報を交換したりするものだけれど、英子にかぎってはそういう交際の話を聞かない。

そもそも友だちができにくいタイプなのか、年を取ってから、詩吟や絵手紙を習いに行っていても、その教室が終われば、そこでの知り合いと連れだって出かけるでもなかったし、それどころか、とくに連絡を取り合っているふうでもない。八十代の今ばかりでなく、七十代も六十代も五十代も、もっと前もそうだった。昔から、新平への執着ばかりが強い気がした。

「そうですね。奥さんのほう、ちょっと脳に疲れがあるようなんで、お薬を出しておきますね」

広田先生のさらりとした診断に、新平はぎくっとした。

だいたいの様子は昨日も訪れて話してあったから、あとは今日のＣＴの画像を見て、確認しましょうという流れだった。

　クリニックの支払いを済ませ、処方箋を持って、すぐ近くの調剤薬局に寄った。

　広田先生の話は、あまりぴんときたふうもなく、へえ、はあ、そうなんですかあ、とのどかに聞いていたくせに、きっと心細いところや、なにかまずい気配を感じ取ったところはあったのだろう。

　一昨日はあんなに攻撃的だった英子が、迷子になりたくない子どもみたいに、弱々しく、そっと新平の服の袖をつかんでいる。

「疲れたな、どこかで飯くってくか」

　薬局を出ると、白いレジ袋をぷらんと提げて新平は言った。

「そうね」

「どこにする」

「お父さん、決めて」

「わかった」

　紺のニットキャップをかぶり、唇をとがらせた新平は、ゆっくりと辺りを見回した。

　せっかくだから、温かな食事と、美味しいコーヒーを楽しめる店に行こう。

近くでいいお店はどこだろう。

よし、と新平は店を一つ思い浮かべると、袖を英子につかまれたまま、何も言わずに、いつもよりほんの少しゆっくり歩いた。

第七話　秘密の思い出（二）

1

夜、さなえに電話をかけ直すと、用件は観劇の誘いだった。

「新橋演舞場のチケットをもらったから、日が近いんだけど、おじちゃんとおばちゃん、どうかしらと思って。昼の部で、お弁当つきなんだけど」

そう言われたので、三人で見るのかと思えば、チケットは二枚きりだという。

「だったら、さなえが一緒に観てやってくんないか。俺は連れてって、そのへんぷらぷらしてっから」

新平は答えた。せっかく久しぶりの観劇、しかも華やかな東銀座のあたりなら、老夫婦だけで出かけるよりは、姪と一緒のほうが、英子も楽しいだろうと思ったのだ。「なあ、ばあさん。さなえがお芝居行かないかって言ってってぞ」

「なあに、おじいさん。行くわよ」

ばあさんと呼ばれると意地でもおじいさんと言い返す英子は、芝居と聞けば即答だった。

「誰が出るのかしら」

「水谷八重子と、近藤正臣だって」

「あら。水谷八重子」

「二代目だぞ」

「知ってるわよ。それと、こんまさね。いいじゃない」

「いいだろ」

と新平が念押しすると、そうね、とうなずいた。もともと英子はお芝居好きで、田舎の小屋に芝居がかかると必ず見に行っていたし、女学校時代のアルバムには、鞍馬天狗のブロマイドが一緒に貼ってあるくらいだった。子どもたちが小さい時分にも、忙しい中、よく建二を連れてミュージカルだの歌謡ショーだのに行ったものだ。

「終わったらお茶でも飲んで、夜は三人でうまいもの食うか」

新平の提案にも、魅力を感じたようだった。

「あら、新橋の料亭かしら」

「バカなことを」

会社の羽振りが一番よかった頃ならともかく、今になってそんな贅沢ができるわけもない。築地で手頃な寿司をつまむのがせいぜいだろう。

「じゃあ、それでいいかな。一日付き合わせちゃって悪いけど」

電話の向こうのさなえにも了解を取り、話が決まった。

前にさなえに言われた、相談したいこと、というのも新平はずっと気になっていた。もし話があるなら、きっと夕食の席ででも切り出すだろう。

ついでに英子の認知症についても、こっそり報告したかったけれど、その日、本人がいて話しづらければ、それはまたべつの機会でもいい。

「あ、おじちゃん、演舞場まではどうやって来るの？　よかったら、家まで車で迎えに行こうか。そのほうが楽でしょ」

「ああ、そうしてくれ」

新平は遠慮せずに頼むことにした。

自分だけならいいけれど、豆タンクのようなおばあさんと一緒では、芝居の開演に間に合わせるのにも骨が折れそうだった。

「もしおじちゃんが大変だったら、わざわざ付き添ってくれなくても、私がちゃんと家まで迎えに行って、送って帰るけど」

「いや、俺も行く」

新平がきっぱり答えると、さなえは承知した。

昔から察しのいい娘だ。一緒にお芝居を観るうちに、英子の言動にも、なにか異変を感じ取るかもしれない。

新平は電話を切ってからそう考え、いつまでも娘のように思っているさなえも、もう六十歳近いことを思い出した。

自分の子どもどころか、すでに孫だっている。

「えーっと、さーちゃんの連絡先ってわかりますか」

出かける前夜、風呂をわかして一番に入り、嫌がる英子をどうにかかつづけて送り込むと、帰ったばかりの三男が、黒ジャージに着替え、のそっと台所にあらわれた。

「おう、おまえもこのあと入れ。そろそろ臭うぞ」

バスタオルで頭を拭いながら、余計な世話を焼くと、雄三はこちらも見ずにスマホをいじっている。

「あの……さーちゃんの連絡先」

「さなえの連絡先？」

「携帯の番号とか」

「なんで」

「なんでって」

ようやくそこで顔を上げると、雄三は新平の冷たい視線に気づいた様子だった。

「えっ、なに。なんですか」

「べつに。なんでおまえがさなえの連絡先なんか知りたがるか、訊いただけだろ」

「だって、ふたりがお世話になるんでしょ、明日」

「ああ」

「もしなにか困ったことがあったら、すぐに僕のスマホに連絡くれるよう、さーちゃんにメールしておこうと思って」

「いや、大丈夫。必要ない」

新平はぴしゃりと言った。まったく役に立たない三男が、保護者気取りなのが腹立たしい。「それにさなえの携帯の番号なんて、俺は聞いてないぞ」

「そうですか」

「お前、まさか、さなえにまで金を借りるつもりじゃないだろうな」

新平が不安になって訊ねると、

「まさか」

雄三は首を振り、自分の信用のなさに驚いたというふうな顔をした。どうせ信用情報は真っ黒なくせに。

「それだけはやめてくれよ、親戚に金をたかるのだけは」

新平は心からのお願いをすると、大きな三男を手招きした。洗面所のほうを窺い、なるべくそこから離れるように、台所からつづきの居間へ移動する。

「なあ、この際だから、雄三にも知らせておくけど」

「なんですか」

食卓のいつもの席に雄三を座らせると、新平もどっしりと椅子に腰をおろした。

「この前、広田病院で診てもらったんだけど、母さんな、いよいよ認知症らしい」

「えっ、認知症ですか」

雄三は広田病院を「クリニック」とは言い直さず、お守りのように大切そうに握っていたスマホを、こつん、とテーブルに置いた。

「ああ。薬もらってきたけど、効くかどうか」

「そうですか」

雄三はつぶやくと、きっ、と虚空（こくう）を見上げ、それから両手で自分の顔をぱんぱんと叩いた。

そのまま両手で顔を覆って、頭（こうべ）を垂れると、おうおう、おうおう、と泣きはじめた。

「なんて……残酷な……」

絞り出すように言う。

予想外の反応に新平は面食らい、あまりの芝居っぽさに、すぐバカバカしくなった。

なんだこいつは……面倒くさい。

そんなことで泣くくらいなら、もっと普段からちゃんとすればいいのに。

分厚い手で顔を覆い、おうおう、おうおうと泣く三男を、新平はすーっと離れた位置、天井のあたりから見下ろす気分で眺めていると、ばさっ、と洗面所のアコーディオンカーテンの開く音がした。

嘘だろ、という素早さで英子が風呂から上がったらしい。脱衣場を兼ねた洗面所から、丈の長い、地味な色の下着だけをつけた豆タンクが出てきた。

おい、雄三、おい、と新平は太鼓のような三男の脇腹をつつき、早く泣き止むように指示した。泣き声が、うっ、うっ、と嗚咽（おえつ）に変わる。

カラスの行水のわりに、赤い顔をした英子が、ふんふん、ふんふん、と鼻歌をうたいながら、のっそりと歩いてくる。

2

新平がさなえに会ったのは、一昨年、さなえの連れ合いが亡くなったときが最後だった。

そのあとの一周忌だとか、三回忌だとか、そういった法事の話は聞かなかった。家族だけで済ませたのか、特になにもしなかったのか。それとも親族のうちでも、新平たちには声がかからなかったのか。

もしかしたら英子が、花かお線香を贈っていたのかもしれない。

ばたん、といい音を響かせて、さなえが大きなドイツ車のドアを閉めた。

相変わらず彫りの深い顔をして、きれいに髪形を整え、仕立てのいい、上品な服を着ている。きっちりとメイクをし、ほっそりした体型も昔のままだった。

「おじちゃん、おはようございます」

「はい、おはよう。ごくろうさん」

もう来るだろうと待ち構えていたから、新平は外まで迎えに出た。もちろん英子は家の中で、ぐずぐずと着替えている。「すぐに支度できるはずだから、ちょっと上がってて」

「車、ここで大丈夫？」

「ああ、大丈夫」

「いいお天気でよかった」

白い歯を見せて、さなえが笑った。「おじちゃん、相変わらずお元気そうで」

「そう？　もう九十だよ」

本当は八十九になってひと月ほどだったけれど、若さや健康を褒められたときには、つい上に言いたくなる。「しばらくぶりだな」

「ねえ。いつも電話ばっかりですみません。……あ、孝史君、久しぶり」

さなえを玄関に招き入れると、長男が座敷わらしのようにすーっと横切り、二階へ上がろうとした。

　そのまま行ってしまうのかと思えば、めずらしく足を止めて、

「さーちゃん……。いらっしゃい」

　照れくさそうに、目を伏せながら言う。それだけで満足そうに二階へ上がった。

　車の到着に気づいてから、ぎりぎりのタイミングまで自分の部屋に逃げなかった
のだから、きっと久しぶりにさなえと話してみたい気もあったのだろう。

　昔、ねえやのように、身の回りの世話をしてもらった印象が残っているのだろ
うか。

「おばちゃーん」

　和室から出てきた英子に、さなえが抱きついた。頭をかかえるようにハグする
と、あらあら、と英子もくすぐったそうに笑っている。

「もう準備できるから、あと少し待ってて」

「うん、まだちょっとは平気だから」

　叔母と姪が身を離すのを待って、

「さなえ。帰りに、柿を持ってって」

　新平も忘れないうちに言った。到着したばかりで、もうおみやげの話でもなか

ったけれど、気の早い新平は、昨夜のうちから柿を袋に入れて、玄関の脇に置いてあった。

「お庭の柿？」

「そ、今年もたくさん穫れたから」

「ありがとう、いただいて帰ります」

「放っとくと、全部ひとりで食べちゃうのがいっから」

「おばちゃん、好きだもんね、柿」

話しながら、玉のれんをじゃらじゃらと鳴らして食堂に入った。

「あ。お勝手口、なくなったんだ」

一番にさなえが言った。

自宅を移したのは、まださなえが明石建設で働いていた頃で、相変わらず子どもには手がかかったから、しばらくは事務所とここを行き来してもらった。

ただ、お勝手を改築したのは、もう二十年以上も前だった。

「そんなに来てなかったか？　うちに」

「えっと、最後に寄ったときは、玄関で失礼したような。その前は……忘れた」

見た目は若々しくても、さなえも順調に年を重ねているようでおかしかった。

食卓の椅子にかけてもらい、いい、いい、と遠慮するのを無視して、新平がお茶を淹れる。

英子のおめかしがようやく終わったので、さなえと三人、家を出ようとすると、ジャージ姿のまま下りてきた雄三が、サンダルをつっかけ、あわてて玄関の外までついてきた。

「雄ちゃん、また太ったんじゃない？」

「いやいやいや、さーちゃんはずっとお綺麗で。あ、大きなベンツ」

「なんだ雄三、その気持ち悪い猫なで声は。しっしっ、あっち行け。さなえに近づくな」

新平が本当に手で追い払う仕種をすると、トドだか海坊主だかのような三男が、さすがに傷ついたふうに、

「ひどい」

と言った。

「ひどいもんか。それより今日は、孝史のご飯をよろしく頼むな。昼と、夜はおまえが出かけるなら、スーパーで弁当でも買っといてくれ。勝手に食べるだろ」

「あ、はい。いってらっしゃーい」

門のところから、四十八歳独身、実家住まいの雄三が手を振った。さらに多額の借金持ち。なのに、なんの邪気もなさそうなところが、むしろ空恐ろしい。

新平は首を振ると、ベンツの助手席に自分、うしろに英子が乗ることに決めた。

さなえがわざわざ両方のドアを開けてくれる。

乗るときにふと見上げると、二階の部屋のカーテンが開いて、半身になった長男がそこから覗いていた。

数寄屋橋(すきやばし)の交差点近くで停めてもらい、新平だけそこで降りることにした。

「おじちゃん、当日券で一緒に入らない？」

さなえの提案に、新平は首を振った。

「いや、俺はいい。もう行くところは決めてあっから」

待つ間、銀座をぶらぶら散歩したいとは伝えてあったから、それ以上、さなえには誘われなかった。

終演の時刻に劇場の前で会うことになっていた。もし時間がずれるようだったら、すぐ前にある喫茶店で待つ。

「あらあら、このへんで誰かに会う約束でもあるのかしら」

夫に浮気されている妄想の消えない英子が、じっとりと睨みながら言ったけれど、

「かっ、くだらねえ」

新平は軽く突き放した。

いちいち否定するよりも、まず話を聞いてあげるのがいい、と建二に電話でアドバイスされたけれど、新平は大正生まれのわがままな長男だった。自分がただ悪者になる話をそう簡単には聞き流せなかったし、急に共感重視のコミュニケーションを求められても難しい。

きっとそういうのは、女同士のほうがうまくいくだろう。さなえ、よろしく頼む、と心のうちで姪に妻の世話を託し、自分は車を降りると、大きく一歩踏み出した。

ふう、と深く息をつく。

昨日と一昨日が雨で、散歩ができず、すっかり体がなまってしまった。

正確には近くのスーパーと商店街には出たのだけれど、新平にすれば、一緒に病院に行ってからこっち、さすがに妻の様子も気になって、なかなか前のように、一日ふらふらするわけにもいかなくなった。

この数日で、早くもストレスがたまっている。

まずは思い切り足をぴんと伸ばし、自分のペースですたすたと歩く。人を眺め、建物を眺め、行列のできたお店のショーケースを覗いて通りすぎる。

何本か路地を曲がり、ほどよい時刻を見極めると、最初から、ここ、と決めていた洋食店に入った。

赤白ストライプの可愛らしい日よけがかかった、間口の狭い、こぢんまりしたお店だった。

開店直後で、店内はまだがらんとしている。奥のテーブルに案内され、新平はよいしょっと腰かけた。

「千葉さんのカツカレー」

メニューを開き、一番有名な料理を注文する。正確には、カツレツカレーと書いてあったかもしれない。戦後まだ間もない頃、プロ野球の人気選手が、カツレツとカレーライスを一つのお皿にのせて出してくれとオーダーしたのが、このスイスというお店に伝わるカツカレーのはじまりということだった。

自分がカツカレーを口にしたのは、いつがはじめてだっただろう。

さっそくテーブルに届いたポタージュのカップに、鳥のくちばしのような口をつけて新平は考えた。

東京に出て、会社を興したあとくらいだっただろうか。

子どもたちがつづけて生まれ、末っ子の雄三が小学生になった頃には、出前を頼むそば屋にカツカレーがあったのではなかったか。

雄三はそこのカツカレーと、プロ野球中継、東京っ子らしくジャイアンツの好きな子どもだった。

いや、違う。

雄三はそのそば屋で、カツ丼とカレーライスの両方をよく頼んでいたのだったと思い出した。

どっちも食べたい、と譲らずに、小学三、四年ともなれば、実際きっちり両方たいらげていた。その頃から、雄三は順調に太りだした。

事務所の脇のダイニングキッチンで、三兄弟が店屋物の夕食をとり、そこのテレビがジャイアンツ戦の中継を流しているのは、ある時期の明石建設ではよく見られる光景だった。だいたいはさなえか英子がささっと支度をするのだけれど、手に負えないときは店屋物で、それが週一、二度はあるのだから、印象としては、やはりよく出前を取る家だった。

上ふたりの興味のないプロ野球中継が選局されていたのは、末っ子がチャンネル権を握っていたからなのか。

それとも他の社員や、ジャイアンツファンだった英子の影響だったのか。


子供たちの世話係としても来てもらった、美人で気立てのよいさなえは、当時、もちろん出入りの職人たちにとっても、ずいぶん魅力的な娘だっただろう。

荒っぽい男の多い職場だったから、若い娘がいるというだけで、すでに蟻(あり)の群れに角砂糖を落とすようなものだった。

ただ、偉丈夫で面倒見のいい新平がすぐそばで見張っていたから、悪いちょっかいなんかは誰にも出させなかった。

妻子持ちの職人がむやみに自分たちのエロ話に引きずり込もうとすれば、

「やめろ」

と解散を命じたし、仕事上がりの晩酌にしつこく付き合わせようとするふとどき者がいれば、

「おい。俺が恩人から預かってる大事な娘さんだ。なんかあったら承知しないぞ」

ぴしりと新平が釘を刺した。

それでもなお、さなえの甘やかな魅力に惹きつけられ、真剣に交際を求める若者はあとを絶たなかった。

手土産に名店のケーキやクッキーを携えてくる者もいれば、話題のロードショーやプロ野球、展覧会のチケットを手に、さなえの休日を自分のものにしようとする者、なけなしのお金で買ったネックレスやイヤリングを持参する者もいた。

さすがにすべてのやり取りを見ているわけにもいかなかったけれど、新平はかぐや姫を見守る翁の心境で、美しい姪に言い寄る男たちに、できるだけ目を光らせた。

その上で、もしよい縁があれば、それもすみれ姉ちゃんへの恩返しになるだろうと思っていた。

やがて年頃のさなえが恋に落ちたのは、大工の高木という男だった。

新平がずいぶん目をかけて、明石建設の請け負う仕事をまず第一に紹介する男だった。

仕事の手際はよく、ムダがない。スマートで、風貌はさわやか、気っぷがいい。

事務所にいるお兄ちゃんと遊ぶのが好きな建二も、高木ちゃん、高木ちゃん、と慕っている男だった。

「そこがくっついたか!」

ふだんの高木が、さなえにムダなちょっかいを一切出す様子がなかったからだろうか。ふたりの仲をまったく予想していなかった新平は、報告を受けて裏をかかれた気分になったけれど、肩を寄せて並ぶ姿を見れば、年の頃も背格好も、お似合いとしか言えなかった。

社長の新平が交際を認めたのを機に、ふたりの恋愛関係は大勢の知るところになった。

「よ! ナイスカップル」

お釈迦さん、というあだ名の古参社員が言い、その場にいたみんなが拍手で歓迎した。お釈迦さんはいつだってニコニコと愛想がよく、これまで怒っているところを誰も見たことがないのでそう呼ばれていた。

高木は半年ほどさなえと交際すると、素早く結婚を決め、新平に仲人を頼んだ。

高木が二十七、さなえが二十一のときだった。

新平は喜んで引き受け、英子とふたり、はじめての仲人を務めた。

双方の親族や明石建設の社員だけでなく、多くの職人たち、大手の建築会社の担当者なんかも出席した、大がかりな披露宴になった。

3

楕円形のお皿にラグビーボール型のご飯が盛られ、千切りキャベツの上にのったカツレツと、そのご飯にたっぷりとカレーがかかっている。

彩りに添えられたパセリと、ミニカップに入った福神漬け。切り分けられたカツレツから覗く、ほんのりピンクがかった豚肉の断面も美しい。

新平はごくりと唾を飲み込むと、スプーンでご飯と、濃い色のカレーをすくって口に運んだ。ミンチのほろほろと溶けたカレーは、さっぱりと食べやすい。つづいてカツレツの一ピースを、さらにほどよい大きさにスプーンでカット。こちらもぱくりといくと、肉からじわっとしみ出す脂が甘い。

洋食好きの新平にはたまらない味わいだった。

細すぎないキャベツの食感もよく、いや、今日は出かけてきてよかったと新平はしみじみ思った。

「うまいね」

若い女店員に言い、いいね、と親指を立ててサインを送った。

そのまま勢いは止まらず、ばくりばくりと食べて、新平はパワーを回復した。

銀座の三丁目から新橋方向へ歩き、演舞場にもほど近い、高速道路脇の有名なビルの前に着いた。

ここにあるとは前から知っていたし、車から見かけたことなら一度ならずあったけれど、ちょうど近くを通る用事がこれまで見つからず、いつかはそばから見上げたいと思っていた。

設計したのは、黒川紀章（くろかわきしょう）。

昭和四十年代後半に建てられた、中銀（なかぎん）カプセルタワービルだった。

同じサイズのコンクリートのカプセルが、タワー型に積み上げられて、未来の建物のようによく言われていた。

キューブというのか、四角いカプセルの一つ一つが部屋になっていて、各部屋とも外壁の中央に、水族館の覗き窓みたいな丸いガラスがはまっている。

ところどころボタンを押し込んだように、カプセルが引っ込んだり、横を向いたり、列ごとに前後していたりするのがデザインの妙。室内は確か当時の宇宙船の中のような、無機質でシンプルなものだった。

家具や収納が作りつけになっていて、全体がベッド付きのユニットバスのような、そんな写真を以前に見たことがある。

「うん。万博だな」

新平はつぶやいた。大阪の万国博覧会でその写真を見たという話ではなく、建物全体のイメージが、あの未来の祭典を思い出させた。

ビル自体が建ったのは、博覧会よりもほんの少しあとだっただろうか。

すぐ近くに地下鉄の汐留駅があるその一帯は、今では二十一世紀の高層ビルの立ち並ぶ一等地だった。

そこに万博のパビリオンを思い出させる未来型の建築物がひっそりと、ただまだ現役で利用されているのが頼もしい。

回り込み、フロントのある古いホテルのようなエントランスを眺め、新平はまたカプセルのタワーを見上げて目を細めた。

結婚したあとも、さなえは明石建設で事務の仕事をつづけ、最初の子ができてから退職した。

高木のことは姪の夫として、当然ながら親戚と思って親密に接していたし、社員ではなかったものの、ほぼ専属の職人、ときには大きな現場の責任者として、なかなか新平の行けないエリアをしっかりと任せるようにもなっていたから、なんの前触れもなく、ふいに独立の話を告げられて新平は面食らった。

「自分の会社を持つことにしました。社長、お世話になりました」

きっぱり、さわやかに言われ、なんだか高木はいけ好かない二枚目になったなと新平は思った。

高木が興した会社が、高木建設、という名前だったのと、沿線は違っても、さほど遠くない新井薬師に社屋を構えたのも、新平を少し苛つかせた。

大口の顧客を一つ、高木建設に持っていかれたのも痛手だった。

高木の仕事ぶりを見込んだクライアントが、明石建設を通さず、以降は直接そちらへ発注するようになったのだった。

「なにも、そこまで俺に憧れなくってもいいんじゃないの？ 高木のやつもさ」

ほとんど飲めない酒に口をつけて、ひとり愚痴った夜もあった。

とにかくその件で、新平の裏切られた気持ちは強く、しばらくさなえとも絶縁状態になった。

ずっとつづくかと思った好景気が去ったあと、明石建設は徐々に経営不振に陥り、気がつけば社の借入金は倒産寸前まで膨らんでいた。

昭和五十年代の後半だった。

六つの現場を掛け持ちするくらいの手広さが、一つ歯車がおかしくなると、次々にマイナスの要素としてのしかかった。

つまり、あらゆることにお金をかけすぎていた。

新平は泣く泣く社員をすべて解雇することにした。

「なんだよ、ふざけんなよ、バカにすんな、ヘボ社長、責任とれ」

あだ名はお釈迦さん。なにがあってもおだやかだった古参社員に悪態をつかれ、新平は経営者の責任をあらためて思い知らされた。

お釈迦さんは椎名町の自宅にまで新平の責任を追及に訪れ、最後は心配げに覗いていた思春期後半の息子たちにも、「バカ」「おんなおとこ」「デブ」と呪いの言葉を残して帰ったから、あとで英子がだいぶ憤慨していたけれど、彼にも大事な家族があることを思えば、それも仕方がないことだろう。

従業員たちに泣いてもらって経営の規模を縮小した明石建設は、はるか昔に買ってあった資材置き場をうまく売って、最終的にはなんとか事業の借金を返すと、それからは新平一人が仕事を引き受け、必要に応じて職人を頼むだけの、設立当初のかたちに戻った。

平成のはじめにアパートを建て替える力があったのは、当時六十代だった新平の、最後の頑張りだっただろう。

やがて馴染みの職人が次々隠居し、なにより新平自身の体力も気力も衰え、見積もりの甘さで赤字の仕事が増え、英子にはたびたび叱られ、お願い、もうなにも引き受けないで、と懇願されるようになって建築の仕事をやめた。

事務所だった一室を、ただアパートの管理人室、大家の部屋といった使い方をするようになってからは、新平はひたすらのびのびと、ひとりの趣味を楽しむようになった。

散歩を日課にし、ふらりと建物を見て歩くようになったのも、だいたい同じ頃からだ。

4

レンガ色の新橋演舞場の前に、さなえと英子が立っていた。

ゆで卵とアスパラガスが寄り添うみたいに。

出し物の描かれた看板の向こう、チケット売り場と入場口の見えるあたりで、楽しそうに話している。

新平が遅れたことへの不満もなく、英子の顔が輝いていたから、今日は本当にこれでよかったと思った。

「おう、どうだった」

「こんまさ、よかったわあ。いい男。きれい」

新平の姿を認めても、妻は芝居の話に夢中だった。

「あ、そ」

新平は軽く応じた。

「張り合いないんだから、このおじいさん、本当に興味ないのよ、お芝居なんて」

「ああ、ないな。全然見たくない」

すっぱり本心を告げると、あまりに身も蓋もない言い方にさなえが笑った。

「まずはお茶を飲むか」

新平はすぐ真ん前の、ガラス張りの喫茶店を指差した。

そのあとは、近くで会席でも食べたらいい。

さなえにはチケットを譲ってもらったし、英子にこんなにいい思いをさせてくれたなら、さすがに夜の席くらいは奮発しないといけないだろう。

日の落ちるのはどんどん早くなり、まだ夕刻もはじまりかけなのに、もう夜の気配を濃くしている。

第八話　秘密の思い出（三）

1

「そこのお店、私、入ったことあるわ」

ふいに妻が言った。姪との観劇後に新平も待ち合わせてお茶を飲み、そろそろご飯を食べに行こうかと外へ出たところだった。

「へえ、そうなんだ。おばちゃん、しゃれてるね」

さなえが感心したふうに応じた。演舞場にほど近い、石造りの門構えが立派なお店だった。

門に四角いプレートで、店の名前が記してある。

「そうか？」

新平は首をかしげた。このあたりで料理店に入ったことなんてあっただろうか。少なくとも新平に同行した覚えはない。

「いつって、つい、こないだ……」

「つい、こないだ？」

「いつ」

　自信なさそうな妻の声をさえぎり、新平が大声で繰り返した。きっと会社だったら、パワハラ認定されることだろう。夫婦間ではモラハラか。ともかく、これはもう完全に否定のボリュームだった。

　英子は、なにか思い違いをしている。

　もちろん新平に来た覚えはなかったし、新平抜きに英子が誰かと出かけたといった話も、「つい、こないだ」どころか、ここ二、三年は聞いたことがなかった。

「ないな。勘違いだろ」

「ありますって」

　英子はムキになって言った。ただ、新平の浮気を責めるときの、あの芯に強さを持った口調とはちょっと違う。自分の記憶があいまいなのを、無理に言い張ってごまかそうとしている口ぶりにも聞こえた。途中で自信がなくなったのかもしれない。

「じゃあ、誰と来たんだ。俺か？」

「そう。お父さん、と、あと子どもたちと」

「子どもたちって、どこの」

　べつに思い違いくらいなら、よくあることだ。だったら気をつかいすぎる必要もない。

　新平は容赦なく言った。

「うちの息子三人は、全員おじさんばかりだぞ。まあ、ひとりはおばさんみたいだけど。年だって、五十とか、五十二とか」

「そのおじさん三人ですよ」

　妻が開き直ったように言った。新平からわずかに視線をそらし、うすく紅をさした唇を、小さく尖らせている。「孝史と、建二と、雄三と」

「ほう」

　その三人を連れて、この料理屋に入ったというのか。

　一体、なんの記憶と混同しているのだろう。

　浅草の天ぷら屋か。神楽坂（かぐらざか）の鳥鍋屋か。銀座だったら大昔に、家族全員だったか長男抜きだったかは忘れたが、スエヒロで鉄板焼きを食べたことがある。

　それともさらに前、三人がもっと子どもの頃、たびたび連れて行った大衆割烹の田丸屋を、この立派な門構えの店と間違えたのか。

新平はそんなことまで考え、あわてて首を振った。

さすがに田丸屋の名前を自分から出すわけにはいかない。またしつこく富子との仲を蒸し返されてしまう。

「よさそうなお店ね」

助け船を出すように、さなえが言った。

「ああ、そうだな」

新平もうなずいた。門を抜けた先に、ぽつんぽつんと植え込みから照らされた石畳があり、奥に和風の家屋が見える。ほんわり明かりの灯る門の手前には、お品書きを載せた台が置かれていた。

すっかり日の落ちた中、近寄って品書きを確かめると、以前は料亭だったのを、レストラン風に改装したお店のようだった。

「ここにするか」

新平は言った。決して安くはないけれど、一番手頃なコースなら、お弁当つきの観劇チケットと、そう変わらない値段で食べられそうだ。「寿司のコースなんかもあるぞ」

「あら。いいじゃない」

と英子は微笑んだ。

「お料理、おいしかった？」

英子の思い違いを少しも疑わないように、さなえが訊く。

「うん、おいしかったわ」

「中も見てみたい」

「雰囲気あるわよ」

姪を味方につけた英子は、新平のほうをちらっと窺い、得意げに言った。

「じゃあ、ここでいいな」

ふん、と鼻を鳴らすと、新平はさっさと門をくぐった。

妻がおかしなことを言うたびに、いちいち話を合わせるような気づかいは、やっぱり自分にはできそうにない。

ただ、相手が少しくらいおかしくても、気にせず自分のペースで話すことなら、いつも通りにできそうだった。

引き戸を開けると、そこがお帳場だった。

案内されて靴のまま廊下に上がり、すぐに階段を下りた。

「そうそう、ここ」

いかにも覚えがありそうに英子がうなずいている。

築年数はどれほどだろう。八十年、九十年ほどか。こちらもほんわり灯る明かりが、屋内の陰影を強く印象づけている。

通されたのは地下にある、板の間の個室だった。金屏風(きんびょうぶ)に鶴の置物、黒塗りのテーブルが一つある。

「あら、かわいい」

ダルマインコを飼っていた鳥好きの英子が、丹頂(たんちょう)のような金色の置物に目を細めた。

男物っぽい白シャツを着た、粋な仲居さんに寿司のコースを三つ頼み、飲み物はお茶でいい、と新平が伝えた。

英子の記憶の中でも、この個室ははじめてなのだろうか。めずらしそうに室内を見回している。

「……そういえば、おじちゃん、健診はどうだったの」

お茶で口を湿らせると、あらためて、という口ぶりでさなえが訊いた。

「ああ」

新平はうなずいた。熱いお茶をすすりながら、どう答えればいいかと考える。

英子がじろり、と新平の顔を見た。

「俺は、特に異状なし」

湯呑みを置くと、新平は言った。それから英子のほうに顎をしゃくった。「こっちは、ちょっと疲れがあるとかで、予防の薬をもらった」

「予防？」

「ボケ防止」

「えー、全然平気なのに」

大げさなほどに目を見開いて、さなえが言った。すみれ姉ちゃんは、晩年は惚けて施設に長く入っていた。娘として、そういった様子にはいろいろ覚えがあるのだろう。「おばちゃん、もう米寿でしょ。すっごく元気で、しっかりしてて、今日もびっくりしちゃった」

「そう？」

自分の見立てとはちょっと違う。新平の間の抜けた声に、

「そうよ」

と、さなえは力強く言った。昔からよく気のつく娘だから、老夫婦を元気づけようとしてくれたのかもしれない。

2

「雄三なんか、この店に来たら大変だぞ。何人前食べるかわかんないだろ」

小さくて、手の込んだ前菜をぱくりぱくりと食べながら、新平は言った。自分だって本来なら、肉料理がメインのコースを頼みたいところだったけれど、値段を見て控えたのだった。

選んだコースには、先付けの前菜三品とお造りの盛り合わせ、焼き魚、あとは寿司五貫とお椀、甘味がつく。

もちろん口が上品なら、それでたっぷりな量なのだろうが、新平はともかく、雄三は同じ銀座のスエヒロで分厚い肉を鉄板で焼いてもらったあと、まだなんか足りない、とひとり牛丼屋に入った男だった。

あれが十代の食べ盛りだったにしても、四十八だか九だかになって、まだそれに近い食欲を維持しつづけている。当然、体重は百キロを軽くオーバーしていた。

「そうねえ。どうしたんだったかしら。……建二とふたりで来たんだったかしら」

「もう話が違っちゃってら」

新平は、かっ、と笑った。

それから、さなえの話になった。

「なんか相談があるって言ってなかったか。前に」

相手が切り出すのを待つつもりだったのに、結局自分から訊いてしまった。

「相談？　あ、うん」

さなえは少し戸惑ったふうに言うと、きれいな桜色をした鯛の刺身を、ちょん、と醤油につけた。「家をね、売ることにしたのよ」

「新井薬師の？」

英子が訊いたので、他にないだろ、と新平は小さく言った。でも、これは口にしなくてもいい指摘だったかもしれない。

「そう。いろいろあたって、うまく処分できそうだから、もう決めたの」

さなえはにこっと笑い、お造りを口に運んだ。

その売り買いの件も含めて、新平に話を聞いてほしかったのかもしれない。純粋な相談というよりも、近況報告の意味合いもあったのだろうか。

高木が亡くなって、もう二年と数ヵ月だった。

娘ふたりは結婚して家を出ていたし、広い一軒家にひとり暮らしでは、いろいろ持て余すことも多いのだろう。新平はほとんど玄関先までしか訪ねた覚えがなかったけれど、それこそ料亭でも開けるくらい立派な邸宅だった。

新築の際には、職人や親戚を招き、盛大にお披露目の会が開かれたほどだ。明石建設が経営危機から社員を一斉に解雇して、どうにか落ち着いた頃だった。

新平も声をかけられたけれど行かなかった。

かわりに英子と建二がふたりで出かけて、

「すっごいおうち。ひっろいの。さすが高木ちゃん。まだ四十歳くらいでしょ、それであんなおうちって、びっくり。さすが、高木建設の社長」

もともと高木好きだった建二は、頰を赤らめて、興奮して帰って来た。建二は新平と高木との間に、確執があったことも知らなかった。

仕事上のあれこれを、新平は息子たちには話さなかったからだ。

それに、そもそも高木に大口の顧客を持っていかれたといっても、そのせいで会社の経営が一気に傾いたという話でもなかった。

経費のかけすぎや、資金運用の失敗、他の大口からの急な値下げ要求など、いろんな要素が重なっていた。

ただ、会社の資金繰りがいよいよ苦しくなったとき、あそこの仕事があれば、と考えたことは一度や二度ではない。

ずっと経理を担当していた英子も、新平のその苦悩はよく知っていたはずだった。

なのに高木の建てた家を、建二と一緒に見に行き、

「お屋敷だったわよ〜。あれは、お金かかってるわぁ」

なんて手放しで褒めているのだから、いくら血のつながった姪夫婦の家とはいえ、呑気なものだと新平は呆れた。

さすが新平の夢など知らず、勝手に建売の家を見つけてきた英子だった。

妻は自分のことだけ大騒ぎで、人への思いやりに欠けるところがある、とそのときあらためて新平は思った。

もちろん、すべてがもう終わったことだったけれども。

「おいしかった〜！　おじちゃん、ごちそうさま」

店を出ると、さなえが笑顔で礼を言った。ああ、と新平はうなずき、パーキングのあるビルまで三人でゆっくりと歩いた。

来たときと同じに新平が助手席に乗り、英子がひとりでうしろのシートに座った。上限いっぱいだった駐車料金も、新平が素早く用意して払った。

「ごめんね、なにもかも出してもらっちゃって」

大きなベンツのハンドルを操りながら、さなえが言う。

「いや、全然」

新平は言い、財布をショルダーバッグにしまった。「そうだ。もし雄三から金貸してって言われても、きっぱり断ってくれな。なんだかあいつ、さなえの連絡先をやけに知りたがってたから」

「お金？　ないない。うちも大変よ」

まったく大変そうでない、余裕のある声でさなえは言った。

高木の会社、高木建設は大手の仕事を引き受けながら順調に発展し、設立して三十余年、建築業界を生き抜いてきた。

そして高木の死後、さなえと娘たちで相談して会社を畳んだのだった。家族は誰も、経営には関わっていなかった。

きっとその整理も終わって、ようやく次は自宅を、という流れだったのだろう。

「雄ちゃんって、今は自分で会社やってるんでしょ」

さなえはあまり深入りをしない、当たり障りのない訊き方をした。その口ぶりなら、雄三にお金を引っ張られる心配はなさそうだと新平は安心した。

「事業にね、どうしてもお金がかかるらしいのよ」

英子が、うしろから話を引き受けた。乞われるまま、せっせと金をつぎ込んでしまった新平も甘かったが、母親の英子も同じくらい甘い。

「事業なもんか」

新平はさすがにきびしく断じた。いい加減、雄三のグラビアアイドル撮影会は失敗だろう。毎月の焦げつきを親に泣きついて補塡してもらうばかりで、利益を追求するための仕事とは到底思えなかった。「ああいうのは、道楽っての。やればやるだけ赤字なんだから」

「自分だって、見積もりが甘くて、赤字の現場あったでしょ」

「それとは一緒にすんな」

ふん、と笑って、新平は言った。

「でも、毎日出かけて頑張ってるわよ、雄三。お父さんは、自分がこそこそ女に会いに行ってて知らないんだろうけど」

「はっ、くだらん」

新平は言い、首を横に振った。

信号が青に変わり、さなえがアクセルを踏んだ。

「金に汚いやつと、酒に汚いやつは、いつまでもずるずるすんだよ。どんなに口できれいなこと言っても、ダメ。信じらんねえ」

新平がこれまでの人生で得た教訓を口にすると、

「お金に汚いって。……ひどいね。自分の息子のことを」

うしろのシートで、英子が半分呆れ、半分怒ったふうに声を震わせた。

「だってそうだろ。おまえだって今、雄三がどっちに汚いか、わかったじゃないか」

語るに落ちた英子は、うっ、と声を詰まらせてから、

「じゃあ、女に汚いのはどうなのよ」

まだ食い下がった。

「は？　女に汚いなんて言い方はしないだろうよ」

新平が言い返すと、

「女には……だらしない？」

今までそういった話には少しも乗ってこなかったさなえが、ふいに運転席で言った。「やっぱり、おじちゃんもそうだったの？」

3

「俺は行かねえよ」

高木の見舞いに行こうと英子に誘われたとき、新平はまず断った。

一時は絶縁していたさなえ夫妻との付き合いは、すぐに英子がこそこそ、こそこそさなえに連絡を取ることで復活していたけれど、それは親戚の話だからと、新平が見ないようにしていただけだった。

他の親戚が家に遊びに来たときに、さなえも一緒に寄っていたりもしたのだろう。ちょうど顔を合わせて、新平もあれこれ話した覚えはある。

ただ、さなえ本人や娘たちのことは訊ねても、高木のことをわざわざ話題に出しはしなかったし、仕事の付き合いがなくなって以降で、新平が高木にきちんと正面切って会ったのは、とにかくほんの何年か前、すみれ姉ちゃんの葬儀のときが最初だった。

「社長。ごぶさたしてます」

見るからに生地も仕立てもいい喪服を着て、どんどん悪い色男になっている高木は言い、新平も、ああ、とうなずいた。

高木は勝手な男だったが、ずっと羽振りがよいぶん、すみれ姉ちゃんが亡くなるまでに、ずいぶん手を尽くしてくれたことは知っていた。

いい施設や病院に入れたのも、そのお金をしっかり払えたのも、すべて高木のおかげだった。

そのことには感謝していた。

その一方で女癖が悪く、さなえがずっと泣かされているという話も、英子から聞かされていた。

いくら聞かされても、ああ、としか返事のしようのない高木の浮気話を、どうして英子はいつまでも熱心に教えてくれるのか。なにか警告の意味合いでもあるのかといぶかるほど、新平は高木自身の行いには、まったく興味がなかった。

そんな男が入院したからといって、どうして見舞いに行かなくてはいけないのだろう。

結局、英子がひとりで中野の大きな病院へ見舞い、戻ると、暗い顔で状況を説明した。

高木の具合はずいぶん悪いらしい。

その数日後には、さなえから電話がかかってきた。

「いよいよあぶないので、もしおじちゃんが来てくれるなら……。私も、そばにいますから」

「わかった」

これはさなえの頼みだと思い、新平はすぐに支度をして、英子とふたりで病院へ向かった。

そして到着した病室の前にさなえがいた。

「おじちゃん」

新平たちの姿を見ると、少しホッとした顔をして、「来てくれてありがとう」と言った。自分が先に立って、そっと病室に入る。新平と英子はあとにつづいた。

中には、高木の愛人がいた。

いたどころか、意識のない病人の真横で、べったりと体に触れて、わーわー泣きわめいていた。

「社長！　社長！　社長！」

そう呼びかけて、わーわー泣く。

女が来ているかもしれない、とは英子に聞かされていたけれど、そこまで存在を主張しているとは夢にも思わなかった。

妻のさなえが病室を出て、廊下に所在なげに立っている間も、女はこうしてずっと高木にへばりついていたのだろう。

その姿を見て、新平はカッとなった。

「なにしてんだ、お前。誰だ。今すぐ出てけっ！」

泣きわめく女を怒鳴りつけると、早く立ち上がるように促し、病室の外に追い立てた。

大柄で色の白い、とくに若くもない女だった。

いきなり現れた、知らない老人の剣幕に圧されたのだろう。意外にすんなりベッドのそばを離れると、洟をすすり、肩をふるわせながら、女は驚いた顔で個室を出た。

「……おじちゃん」

さなえがつぶやき、小さく頭を下げた。

頬がこけ、目も大きく落ちくぼんだ、すっかり様変わりした高木が、たくさんの管につながれて眠っていた。


高木の訃報を聞いたのは、そうやって見舞った翌朝だった。

葬儀は「高木建設」が仕切る立派なもので、新平は英子を連れ、通夜と葬儀の両方に出席した。その頃よそに住んでいた雄三と、建二もそれぞれに訪れた。

そこにも、あの女の姿があった。

親族と向かい合う会社関係者の席の最前列に座り、悲しみを全身であらわしていた。つまり、わーわーわーわーわー、その儀式の中でも一番泣いていた。

「……誰なの？」

かっこいい高木ちゃんにそんな相手がいるとは知らなかったらしい建二が、顔色を変えるほど驚いていた。

女は高木建設の事務員ということだったけれど、その場での気づかいや遠慮のない態度、社内の誰も注意できない様子だけ見ても、社長の愛人として、会社で相当な力を持っていそうなことが知れた。

「いいのか、あれ」

ふるまいの席で思わずさなえに訊くと、ちらりと女のほうを見て、力なく笑った。

さなえと娘たちが、すぐに高木の興した会社を畳むことにしたのは、きっと社長亡きあと、愛人が好き勝手するのが嫌だったからだろう。

葬儀の日、快晴だった空が、式の途中で急な雷雨に変わったのを、天が高木を罰している、と思った参列者は多かったに違いない。

葬儀場から棺が運び出されるとき、

「お父さん、最後に持ってあげたらどうですか」

英子にぐいと肩を押されたが、

「いや。持たねえ」

新平は足を踏ん張り、首を振った。他にも男衆は大勢いたし、今さら自分がしゃしゃり出る立場でもなかった。そしてなにより、高木がさなえをないがしろにしたことが許せなかった。

すみれ姉ちゃんが世話になったことを差し引いても、怒りはおさまらなかった。

そういうときの新平は、とにかく自分を曲げない。郷里にいた頃から変わらない、意地っ張りの頑固者だった。

「俺のは、情が深いの。それだけ」

新平がひとりごちるように言い訳すると、ふん、とうしろで英子が笑った。

「私なんて、この車で高木の浮気現場、ラブホテルまで追いかけて、張り込んでたことあるんだから」

新平が女にだらしない話は、さなえにすれば、ただの前振りだったようだ。

ふむ、と新平はうなずいた。訊きたいことがいくつか浮かんだけれど、今ここでその話を広げるわけにもいかない。

「あらあら、誰も彼も」

かわりにうしろから、妙に明るく英子が言った。「やってることが一緒じゃない、社長さんたち」

あきらかに当てこすりを言うと、えい、とお仕置きのように、新平の首筋に手をぺたりとくっつけてきた。

「やめろ」

反射的に新平は顔をそらして、妻の手を逃れた。

やけにひんやりと、冷たい手だった。

ちょっとした女遊びにもきーきー騒ぐ妻が、新平に長く付き合う、心許した女がいると知ったときの、あのひんやりした地獄を思い出した。


家の前に車を停めると、さなえが先に降りて、またドアを開けてくれた。

英子に寄り添い、玄関まで送ってくれる。

「ちょっと上がっていけば」

英子の誘いを、さなえがやんわり断ったから、新平は忘れずに、用意してあった柿の入った袋を渡した。

「これも何個か持って帰って、最中」

なにかともたつく英子が、新橋演舞場で家用に買ったお土産の袋を、ちょこんと持ち上げて言う。

「いいって、おばちゃん。気持ちだけ」

さなえが答えるのを聞きながら、新平は英子から袋を受け取ると、素早く中の箱を開けて、切腹最中、というそのお菓子を二つ、さなえの提げた柿の袋に一緒に入れた。

「じゃあ、おやすみなさい」

老人に一日付き合ってくれたさなえは、疲れた様子も見せずに言い、二階からそっと下りて来た孝史にも、またね、と手を振った。

孝史は天使にハートを射貫かれたような、ハッとした顔をしていた。

また見送りに出ようとする新平を、

「おじちゃん、本当にここで」

さなえは制すると、

「おじちゃんも、おばちゃんも、本当に元気で。ふたりがずっと元気でいてくれないと、私、さびしくなるから」

これは、あながち社交辞令でもなさそうに言った。

指先でそっと、新平と英子の二の腕に順番に触れていく。

玄関のドアは閉めずに、新平はさなえを見送った。昭和二十年代の東京で一番世話になったすみれ姉ちゃんの娘は、大きな外車に乗り込み、ばたん、とドアを閉めた。

車は家の前を、ずいぶん静かに走り去った。

4

師走に入り、さすがに朝晩はぐっと冷え込むようになった。

英子は夜になると、寝間着の上に、フードつきの白いマントをよく羽織っている。もこもこのフードの部分には、丸くて黒い耳がついていて、それをかぶると、おばあさんの顔のパンダができあがった。

ぬいぐるみ好きの雄三が、今年の誕生日にプレゼントしたものだった。

おかげで新平は、英子の顔のパンダが、深夜や早朝のお手洗いからよちよち、よろよろと戻るのを、何度か寝ぼけ眼（まなこ）で眺めることになった。

雄三は借金を一円も返さないのに、そういった記念日の贈り物は欠かさなかった。

新平も十月の誕生日には、グラビアアイドルの写真集を一冊、「しんぺいパパさん（89）へ」のサイン入りでもらった。

もちろん、それは事務所のコレクション棚に保管してある。

新平は体操、健康フード、庭の水やり、新聞読み、とゆっくり朝のルーティーンを終えると、日中の二、三時間、せいぜい四時間ほどを出かけることが多くなった。

ちょうど冬の散歩の時期に入っただけ、とも言えたけれども。

ただし、なるべくなら妻を刺激しないよう、予定を告げてから出かけるようにしていた。それは明らかな変化だった。

「これから事務所に行って、年賀状作ってくる」

新聞を畳むと、新平は英子に言った。唐突なのは相変わらずだった。

「事務所で年賀状？　ああ。いつもの、写真のね」

「そう。建二にも来てもらう」

英子も予定を聞かされれば、それなりに納得することがわかった。

浮気を疑い、あわてて玄関まで追いすがってくることもずいぶん少なくなった。

冨子の名前を連呼することも、だいたい一日おきになり、今のところ最長で三日あいた記録が、新平のメモに残っている。

やはりそれも、きちんと出かける予定を伝えるようになったからだろう。加えて広田クリニックで処方してもらった薬が、効いてきたのなら嬉しかった。

「なにかあったら事務所に連絡してくれ」

頼りにならないのは承知で、ずっと家にいる孝史にも声をかけた。もっとも、三兄弟のうち、ほんの一日でも建築現場の手伝いに来たのは孝史だけだったから、まだ偉かったのかもしれない。

「今までみたいに、決まった時間に晩ご飯を食べるような生活は、これからはもう、できなくなるかもしれない。お前もそれは覚悟しといてくれ」

分厚いブルゾンを着て、ニットキャップをかぶった新平は、上唇をとがらせ、孝史にそんな余計な忠告もした。

いろいろ世の中になじめない長男は、受け入れがたい意見にはすっと横を向くのだけれど、やはりぷいと横を向いたあと、仕方がないとは理解しているのか、新平の見間違いでなければ、こくん、とうなずくように小さく顎をひいた。

新平は家を出ると、日なたの道を気持ちよく歩いた。

プリンターのインクを買いに、まずは池袋駅の方角、なじみのビックカメラへ行く。ついでに伯爵（はくしゃく）という喫茶店で、砂糖とミルクをたっぷり入れたコーヒーを飲み、ミックスサンドイッチを食べた。

それから事務所へ向かう道すがら、なにか楽しいことはないだろうかと目をこらす。ロマンス通りという、飲食店の多く並ぶ一帯を歩くと、まだ昼の日に照らされたその通りのゲームセンターに、若い子たちがわいわいと連れだって入るのが見えた。

新平は妙な懐かしさを覚えて、自分もふらっと足を踏み入れた。昔やったことのあるゲームとは、ずいぶん機械の雰囲気が変わっている。

その中でもわりとなじめそうな、ドーム型の一台を見つけて、試しにコインを投入した。お菓子を取るゲームだった。いわゆるクレーンゲームだったが、仕組みとしては、新平も昔遊んだ、コインを落とす遊戯に似ている。内側から外へ、押し出す台が出て来る橋の上に、下からすくったお菓子を落として、そのお菓子が先に詰まったお菓子を動かし、景品を落とす遊びだった。

取り出し口の一番近くには、チョコレートの商品名が書かれた、カラフルな大きな缶が積み上がっている。それを取り出し口に落とすのが、もちろん一番の目標なのだろう。

下の池からすくいあげた小さなチョコやガムを、ざらざらと橋の上に落とす。台に押されて動いた小さなお菓子が、橋の一番先までうまく力を伝えられればよいのだけれど、すぐ脇から下に落ちたり、べつのお菓子の上に乗り上げたりと、こちらの思った通りの動きをしない。

一向に取り出し口には、お菓子も景品も落ちてこないのがゲームの罠。

それでも二十分ほどで、小さなボックス型のチョコレートやガム、麩菓子のような棒をいくつか落とし、ついにはチョコレート入りの大きな缶も一つ、がたん、と音を立てて落とすことができた。

新平は満足すると、取り出し口の横にある白いポリ袋を取って、戦利品をそこに入れた。小さな袋をぷらんと揺らして、ゲーム機の前を離れる。

まだ小学生の建二を連れて、冨子のアパートに遊びに行った日のことを思い出した。

練馬にあった冨子の部屋で遊んでから、高速をドライブして、それからこのビルの上階でボウリングをしたのだった。

赤や黄色の軽そうなボールを、こてん、と落とすように転がす建二と冨子は、仲よくガーターばかりで、新平の力強い連続ストライクに歓声を上げた。

あの頃、新平は仕事や子どものことでぴりぴりした英子との暮らしに疲れを覚えて、冨子とやり直すことを真剣に考えていた。

気のいい冨子も、それを望んでいた。

息子三人のうち、ひとりでも引き取って育てられたらいいと冨子は夢見るように言った。

それから、ふたりの間にも子どもがほしいと。

もしあのとき子どもを作っていたら、一体いくつになっているのだろう。


「建二、おまえ、ここ知ってる？」

事務所で建二を待ち、来るとさっそくパンフレットを見せた。

芝居見物のあとに入った、新橋の料理店からもらってきたものだった。

「はい？　あ。宝塚を見たときに、ランチ食べたお店かな」

建二はちらりと視線を落とすと、簡単に言った。「新橋演舞場のほうでしょ。料亭っぽい。えっと、地下に下りて、大広間に駝鳥のふすま絵があるの」

「ほう。いや、俺たちが通されたのは個室だったけど」

そちらにも和風モダンな鶴の置物があった。たぶん同じ店だろう。「ママと行った？」

「うん、行った。お食事つきのチケットで」

「いつ」

「五、六年前？」

「あ、そう」

新平はうなずいた。じゃあまるっきりの勘違いでもなかったのかと少し安心した。「この前、さなえと二人で行ったんだけど、つい最近、家族全員で来たって言うから、それはねえなって」

「ママが言ったの？　家族全員で来たって」

「そう」

「へえ、いろいろ交じるのかもね」

建二は小さくうなずきながら言い、細身のコートを脱ぎ、流しに向かうと手洗いとうがいをした。「あ、それ、お土産。タカセのクッキー、ここでこっそり食べて」

「ああ」

いろいろ手順がおかしくなっているのか、新平もようやく立ち上がると、ポットで湯を沸かし、お茶を淹れた。

「そう、ここ」

お茶を飲み、あらためて細長いパンフレットを見て、建二がうなずいた。魔法使いのおばあさんみたいな、銀色の長いつけ爪をしている。

「じゃあ、お父さんとは、もう行ったんだ。だったらあとは、孝兄と、雄ちゃんも連れて行けばいいね。どうせだったら、五人で行けば、完全にママの記憶通りになるよ。ねえ、忘年会でもする？」

「そんなバカな」

新平は呆れて取り合わなかったけれど、

「いいじゃん、記憶とどっちが先でも。家族全員で行けば、それで記憶通り。同じ、同じ」

本気でそう思っているのか、ただ新橋の料亭レストランで食事がしたいのか、建二は建二なりのゆるい理屈を嬉しそうに披露している。

第九話　秘密の交際

1

「お父さん、これなーに？」

建二が甘い声で訊いた。新平がパソコンに向かい、年賀状に使う写真を決めているあいだに、さっそく余計なところに手を伸ばしたらしい。

「は？」

「これ」

見ると、手に内緒の品をつまんでいる。

「ああ」

新平はうなずいた。建二が来るまでに仕舞っておこうと思っていたけれど、そういえばすっかり忘れていた。たぶんデスクの上に置きっぱなしになっていたのだろう。

「頼まれて、CDに焼いた」

新平は素直に答えた。〈絵画教室〉〈展覧会〉の文字と日付。さらに会場の様子を撮った写真が、透明ケースに入ったディスクの表面に印刷してある。

「CD-ROMね。中は写真？ ラベルまでプリントしたんだ。すごいね」

「ああ。すっかりやり方を忘れちゃってて、大変だったよ」

ラベル印刷のできるプリンターを購入したのだから、本来はさほど苦もない作業のはずだったけれど、高齢の新平にはやっぱりややこしい。年に数度しか使わないこともあって、毎回、一から覚え直しだった。それでもこの前からちょっとずつ作業をして、どうにかひとりで完成させた。

「展覧会って、中身はいやらしいやつなんでしょ。じゃなかったら、私に手伝えって言うもんね」

事務所までわざわざ年賀状づくりの手伝いに訪れた次男に言われ、ふん、と新平は笑った。

「いやらしいもんか。地域の絵画教室の展覧会だって。それを写真に撮ってくれって頼まれたの」

「誰に」

「それは……絵画教室の生徒に」

「女でしょ、頼んだの」

「ああ」

新平はあっさり認めた。親類縁者でもなければ、普通は男に頼まれて、わざわざそんなことをしに行くわけがない。

「若いの？」

「俺よりはな」

「人妻？」

「未亡人」

「絵画教室で知り合ったの？」

「体操の教室。俺は絵なんか習ってない」

新平はぶっきらぼうに答えた。べつに隠す話でもなかったけれど、どうしてこの自称長女に、こうまで矢継ぎ早に質問されているのかわからない。

実際、新平にすれば、なにもやましいところのない話だった。

何年か前に行った体操教室、区の健康講座で知り合った女性に、いつも通り、少し親切にしただけだった。

その女性が絵画教室にも通っていて、定例の展覧会に出品している。それを聞いて、新平が記録カメラマンを買って出たのだった。

「あら、本当に？　嬉しい」

子リスのように目を輝かせたから、以来、展覧会があるたびに、足を運んで写真に収め、ディスクに焼いたものを彼女に渡していた。

そのお礼にとお菓子をもらったり、お礼が丁寧すぎると思えば、折を見てこちらからもお返しの品（三原堂の池ぶくろう最中など）を渡したりすることはあったけれど、毎週の体操教室が終わってしまえば、あとは展覧会を観に行くほかには、年に二、三回、そうやってご機嫌うかがいをするだけの付き合いで、新平にとってはごく普通の、社交の範囲の話だった。

ただ、昔から疑り深く、友だちのいない英子には、それも「浮気」と思えるらしい。

「あら？　誰なの、この人」

去年だったか、女の名前で展覧会の案内ハガキが届いたのを見とがめてからは、新平の外出への締めつけが厳しくなった。

さすがに真面目に取り合うのもバカバカしく、軽く鼻であしらっているうちに、清美、というその女性の名前も忘れたようでホッとしたのだけれど、それが一体いつの間に、田丸屋の冨子とすり替わったのか。

きっと英子の頭の中は、少しずつ混乱していたに違いない。

もちろん、何十年も前に、自分も知っている割烹の仲居とずっと浮気されていた記憶が、よほど強く残っていたのだろうけれども。

「今年も展覧会に行って写真は撮ったんだけど、なかなかCDに焼けないうちに、いよいよおばあさんがあんな状態じゃ、ふらっと出かけて渡せもしない。困ってんだって」

「やっぱり。やましいことがあったんじゃない、お父さんに」

あーあ、と呆れた顔をした建二が、魔女みたいな爪でつまんでいたディスクのケースを、ぽんと机に置いた。まるで不潔なものに触ってしまったとでもいうように、指先をこすり合わせている。「中身はいやらしくないけど、動機がいやらしいってやつね。これ」

「なにがいやらしいもんか」

新平は言って、ふん、と笑った。パソコンのモニターに視線を戻して、兄弟会の伊豆旅行の写真のうち、風景のものだけをより分けていく。新平が浮気しているという主張を誰にも信じてもらえず、英子が臍を曲げてしまった旅行だった。ときどき写っている顔が、どれも思い切り不機嫌そうで、英子の社交性のなさをよく表している。いくら身内の集まりとはいえ、ひどいなと新平は苦笑した。

「俺は、人に親切にしてるだけだろ」

「人っていうか、女にでしょ。タカセのゆみっちも呆れてたけど、本当、いろんなところで女の人にちょっかいだしてるよね」

「まあな」

「いろんな人に親切なのは、それだけでもう裏切りなの」

「なんだ、その理屈は」

建二を見ると、大真面目な顔をして、赤い唇をとがらせている。よくわからないけれど、家を出てもう二十年、それなりに辛い恋でもしたのだろうか。「べつに浮気とか、そんなんじゃねえぞ、俺のは。今さらいやらしいことなんて、できるわけないんだから。残念ながら、肝心のところがもう役に立ちゃしないんだ」

「だから言わないでって、そういうこと」

銀色のつけ爪をした、おかっぱ頭の次男にきーっとたしなめられ、新平はペロリと舌を出した。

城ヶ崎海岸の吊り橋と青い海に新年の挨拶を重ねて、明石新平と英子、今年も夫婦連名での年賀状をデザインした。

作業の途中からは、ほとんど建二に任せて、新平はうしろからあれこれと指示を出した。

がこん、がこん、とプリンターが動きはじめたのを確認して、新平は流しに立った。

ポットのお湯を沸かし直して、新しくお茶を淹れる。

家でもちょくちょく妻の分も淹れているし、もとより風呂掃除は、ほとんど新平の仕事だった。庭掃除もマメにするし、当然ながら大工仕事は専門。大正生まれの男としては、十分に家の中でも親切だろう。

それであれこれ文句を言われるのだから、おそろしい時代になったものだ。

「これは、なに？」

ソファに腰掛けた次男が、お茶の到着を待って訊いた。

テーブルの上の、小さな白い袋を指さしている。今日はなにかの取り調べだろうか。

「菓子、ゲームで取った」

「ゲームセンター行ったの？　プリクラに可愛い子でもいた？」

「いや、そういうんじゃない」

「いたらお菓子渡してるか」

「ふん」

新平は笑い、建二の手土産のクッキーをさっそく開けた。東郷青児の絵がついた缶入りのではなくて、それぞれ透明の筒に入った、ミックスクッキーとチーズクッキーの二種類だった。どちらも開けて、ざらざらと皿に出し、食べなさい、と建二に勧める。それからゲームで取ったチョコやガムも、ひとつかみ、テーブルに出した。

「あそこ、西口のボウリング場の下」

「ロサ会館？」

「そう、そこ」

訥々（とつとつ）と説明をしながら、新平は小さな丸いクッキーをひとつ、口に放り込んだ。いかにも洋菓子店のクッキーという、甘く素朴な味がする。「行っただろう、昔」

「ロサ会館には何回も行ってるけど」

白々しく答えると、建二も嬉しそうにクッキーをかじった。「……行ったね。冨ちゃんと」

「ああ」

新平はうなずいた。ふいに時計の針が大きく逆回りした気分になる。「いくつだった、あのとき」

「小六かな」

冨子の住む練馬のアパートで、おいしいおいしい、と手作りのサンドイッチを食べた建二が言った。「あのあと、ママにいろいろ探られて大変だったんだから。どこに行ってたの、女が一緒だったでしょ、相手はいくつぐらい、どんな顔、どこの訛りがあった、お父さんのことをどう呼んでた……なんて。誰も一緒じゃなかった、お父さんとふたりでドライブしただけ、って私が言っても、全然信じてくれやしない」

「そりゃそうだろ。帰ったのは、もう夜も遅かったぞ」

当然、妻には伝わってもいいつもりで建二を連れて行ったのだったが、新平自身は、妻からの質問には一切答えなかった。その上で、もう妻にはすべてがバレたものと覚悟していた。それにしては、いつまでも英子が冨子の名前を出さないので、すべてバレているのに泳がされているような、落ち着かなさを感じていた。興信所にきっちりと突き止められたのは一年ほど経ってからだ。「なんだ。おまえも冨子のこと、言わなかったのか」

「言わないよ。言えるわけない。子供って気をつかうんだから」

「あ、そう」

「それに、ちょうどママ、これやってたじゃない」

建二が手かざしの真似をしたから、ああ、これな、と新平も同じポーズを取った。

2

長男が学校になじめない、友だちができない、勉強が遅れている。

孝史が小学校に上がってから、英子はしょっちゅうそんなことでやきもきしていた。

はじめは体力がつくようにと、肝油ドロップや養命酒を飲ませたり、読み書きソロバンを自分なりに見てやっているくらいだったのだけれど、全教科の家庭教師を頼みたい、と言い出したあたりから、少し雲行きが怪しくなった。

近所の学生に片っ端から声をかけて、無理にお願いして来てもらったくせに、遅刻が多いとか、教え方がパッとしないとか、目つきが嫌らしいとか、ちょっとしたことで不満に感じてクビにする。そんなことを繰り返した。

そのあとだっただろうか。ほどなくブームになるのだったけれど、健康になるからと知り合いにもらった「紅茶きのこ」を、いち早く英子がせっせと広口ビンで培養して、孝史に飲ませていたのを覚えている。

茶色い液体に、コラーゲンのような、ほの白い笠がぷかりと浮かんでいる。そこから液体をすくって、コップに注ぐのだった。

ガーゼで蓋をした大きな広口ビンは、いつもキッチンの流しの下の、薄暗い棚に置いてあった。

一度飲まされた印象としては、かすかに酸味のある、薄甘い紅茶というような味だったけれど、なにしろその得体の知れなさに、新平は無言で顔をしかめていた。

結婚して最初に授かった子供、まだ貧しくて産んでやることのできなかった娘のことも、英子はずっと、自分のつけた名前で呼んだ。子どもたちにまで、平気でその名前を聞かせるから、これは困ったことだとヒヤヒヤした。

そのくせ供養に熱心なのかといえば、決してそうではないのが妻らしいところで、思いつきで箪笥の上に、こけしを並べたり引っ込めたり。かと思えば、ふいに遠くの水子地蔵尊に参って永代供養を願い出たわりに、二年つづけて管理費を払い忘れて、小さな位牌を送り返されたりしていた。

そして手かざしだった。

これはいよいよ手に負えない、もし誰かれ構わず勧誘するようだったら、バカなことはやめろ、とピシリと言ってやらなくちゃいけないと覚悟しながら、ちらりちらり横目で様子をうかがっていると、来る日も来る日も、なんだか頼りなげに手を伸ばして、神妙な顔つきの孝史のおでこにかざし、気だか念だかを送っている。

ともに育った山間の町を出て、一緒に東京で暮らす英子のその姿に、新平は胸をつかれた。

英子の飽きっぽい性格が幸いして、二年ほどでその信仰からも離れたけれど、大家族の長男の気質なのだろうか、そんなふうになった英子を、一体誰が面倒見るのかと思うと、かえって見捨てることができなくなった。

新平のほうからちょっかいを出し、溺れ、甘えた田丸屋の冨子とは、別れたりくっついたりで都合十年ほど付き合ったけれど、最後には妻と子どもの許に戻ると、新平が決めて別れを告げた。

ただ、そのときに、英子から浮気の罰として、当時ポピュラーだった避妊手術を受けさせられたのは、多くの職人たちにも知られている通りだった。

それならこちらだって考えがあると、妻の体にはもう指一本触れないと心に誓ったのを、意地っ張りな新平はかたくなに守り続けた。

その頃、新平は五十代で、人生はあと十数年、せいぜい二十年ほどと思っていた。お互い九十歳手前になるまで、夫婦でいるとは思わなかった。

「お父さん、冨ちゃんのこと好きだったんでしょ」

建二がぽつりと言った。

ああ、とも、いや、とも言わずに、新平はただ小さく首を振った。

また遊ぼうね、と嬉しそうに冨子本人と約束をしたのに、次に新平が声をかけると、行かない、と建二はきっぱりと拒絶したのだった。

そういう年だろ、きまぐれなもんだよ、と冨子には伝えたが、大方、もう行かないようにと、英子にきびしく言われたのだろうと新平は思っていた。

子どもなりに板挟みで苦しんでいたとは、正直あまり考えなかった。

「ねえねえ、子どもがいたりしないの、冨ちゃんとの間に。隠し子」

「いるか、そんなもん」

「なんだ、いれば面白いのに。今なら、なんでも許せそうな気がする。時間ってすごいね」

建二の言葉に、ああ、と新平はうなずいた。

五十歳の考えとはまた違うだろうが、八十九歳ともなると、実際そこに人がいるのもいないのも、思い出しているのも、妄想も幽霊も、なつかしければそれでいい。

すべてが誤差の範囲のようにも思えて不思議だった。

「しょうがねえな、これは郵便で送っておくか」

絵の写真を焼いたディスクを机に置き、ちょうどいいサイズの封筒を見繕いながら新平は言った。

社名に×をした、明石建設の封筒にはちょっと収まりそうにない。

趣味のＤＶＤを買ったときの茶色い封筒が、中にクッションも入っていてよさそうだった。貼ってあった宛名シールをはがし、再利用する。相手の住所は、電話番号と一緒にきちんと控えてあった。

「出た、エロノート」

新平が手帳を広げるのを見て、建二が囃すように言った。なんて落ち着きのない五十歳だろう。いくら兄弟会の集まりで定吉たちがふざけているとはいっても、こんな子供じみた五十代は、新平の時代には考えられなかった。

もちろん、幸せで結構なことだ。

「手紙に、なんて書くの？」

「なんだっていいだろ、そんなの」

「私が考えてあげる」

事務机のそばまで歩いて来ると、ふわっと甘い香りを漂わせて、建二は新平の手元をのぞき込んだ。「すまないが、これから家のことで忙しくなる。写真はこれで最後にしてくれ。新平」

「なんだ、その電報みたいな文面は」

新平は呆れて首を振った。「わざわざ書くことねえだろ、そんなの。来年になって連絡がなけりゃ、それきりだよ」

「案外冷たい仲なんだね」

「だからそうだって言ってるだろ」

新平はきっぱりと言った。「それに、年取れば、みんなそんなもんだ」

3

「私が送っておくね」

ディスクを入れて封をすると、建二にさっと取り上げられた。

よほど父親への信頼が薄いらしい。

「じゃあ、年賀状も出しといてくれ」

宛名までプリントし終えたハガキの束を渡そうとすると、それは拒否された。

「先に出るね」

コートを着て、襟を立てた建二は言った。

「なんだ、家に来ないのか」

「うん。このあと仕事があるから、立教のツリーを見て帰る」

「あ、そう」

「よいお年を」

「それはまだ早いぞ」

と新平は言ったけれど、実際のところ、日々が過ぎるのはあっという間だった。

毎年きれいにライトアップされる立教大学のクリスマスツリーも、新平はよく見ないうちに年の瀬を迎えた。

気がつけば大晦日だ。

その日、新平の一番の仕事は大掃除だった。

長男と三男に命じて、神棚の埃(ほこり)を払い、お札をよけ、棚を磨き上げる。

「そこ。取って。タオルで拭いて」

現場監督の新平に顎でこきつかわれ、孝史は姿を消し、頭にタオルを巻いたトドのような雄三は、ドーナツ椅子の上に立って、太い腹を波打たせた。

「よし、次は玄関」

新平が命じると、雄三は、ひー、と早くも弱音を吐いた。

英子は台所に立ち、正月の煮物を作っている。

今年はもう大変だから、買ってきたものを詰めるだけにするわ、と言っていたわりに、自分が好きな煮物はしっかり作りたいらしい。一体そんなに作ってどうするんだという量の筑前煮と、やつがしらの煮付けがそれぞれコンロにかかっている。

紅白歌合戦がはじまると、新平はテレビの前に陣取った。

年越しそばを茹でて食べ、除夜の鐘を聞く。

新年は未年だった。

「あけましておめでとうございます」

新平は、妻と三男と新年の挨拶を交わしてから休んだ。

長男はとっくに自分の部屋に引き上げている。自宅で猫を飼う次男は、もうここに部屋もないから、と滅多なことでは泊まりには来ない。

翌朝は、正月らしい、よいお天気だった。

まず風呂に入るのが、明石家の元旦の決まりだったけれど、今ではわざわざ従う者もいない。

新平ひとり、自分で決めた我が家のルールを守って朝湯を済ませ、さっぱり体を清めると、

「行ってくるぞ」

近くの神社へ初詣に出かけた。昔はお正月と言えば、しっかり和服に着替えて

いたものだけれど、さすがにそれはやめてずいぶんになる。

駅舎のすぐ脇にある神社には、長い行列ができていた。

駅が新しくなる前は、通り沿いに屋台が並んだものだったけれど、今は居酒屋の前にテーブルが出て、甘酒やおでんを売っているくらいだ。

背の高い松に見守られて三、四十分ほど並び、塀を上る猫を眺め、立派な狛犬の間を抜け、石畳を歩き、ようやく新年最初のお参りを済ませると、古いお守りを納め、新しいお守りをいただき、運試しのおみくじを引いた。

二八番、半吉。

遅れていた者も、これで立身出世の願いが叶う、と書いてあった。

「今から、立身出世か」

新平は思わずひとりごちて、それを木に結んだ。


家に帰ると、建二が来ていた。

先に送ってきた玄関の立派な生花を手直ししている。

「お父さん、あけおめ」

「はい、おめでとう」

「あ。建姉、あけましておめでとう」

今起きたのか、のっそり階段を下りて来た雄三が、言いにくそうに口にするのを、新平は聞きとがめた。

片方の耳の中では、じーっじーっと蟬が鳴いているのに、そういう違和感には素早く気づくタイプだった。

「なんだ、その呼び方」

新平は雄三を見て、建二を見、また雄三を見た。「おまえ、建二に金借りたな」

居心地悪そうに頭をなでた雄三は、

「お父さん、今年あたりは、そろそろ、生前贈与でもお願いできればと」

しれっと図々しいことを口にする。

「バカバカしい、おまえのぶんはとっくに渡しただろ。残りも、死ぬまでに全部使い切ってやる」

新平はきっぱりと告げた。

英子はほとんど朝まで不休で、煮物を作っていたらしい。

筑前煮とやつがしらの他にも、人参、筍、牛蒡（ごぼう）、蓮根、蒟蒻（こんにゃく）、がんもどき、それぞれ味違いの煮物が何種類も用意されている。

さらに起きてから、鯛と海老を焼いていた。

結局、立派なおせちが準備され、いよいよ老父母と未婚の三人の息子たちで、新年の食卓を囲んだ。

まずお屠蘇（とそ）にそれぞれ口をつける。

いらない、と横を向く長男に、縁起物だから飲め、と新平は命じた。そもそも新平自身がお酒は苦手だったから、ほんの一口のお屠蘇で、顔と首筋が熱くなった。

明石家の兄弟会、男五人女四人のうち、孫がいないのは見事に新平のところだけだった。

もちろんずっとそうなので、今さら慌てることでもなかったけれど、新平にはひとつ、確かめておきたいことがあった。

「今年は、おまえたちに話がある」

祝い箸を手にする前に、新平は言った。孝史、建二、雄三、三人の顔を順番に見る。

「誕生日が来たら、俺が九十、ママが八十九だ。墓は誰が見てくれるんだ」

「墓?」

「墓?」

「は……?」

三人ともそれきり黙ったので、新平は呆れた。

「じゃあ、いい。それは」

一旦話を仕舞うと、新平が家族全員の本年の健康を願う言葉を告げて、それを合図にお雑煮とおせちを食べた。

お雑煮はおすましに鶏肉とみつばの関東ふう、英子の煮付けたやつがしらは、ごろっと大きいのに中までほっこりと炊き上がっている。

英子が次男に、すっ、とお年玉を渡した。家に置いてきた三毛猫のみーちゃんに、なにかおやつをあげて、ということらしい。昔から変わらず、小動物が好きなのだ。

「僕のクマにはないんですかぁ」

それを見た三男が、不服そうに言う。部屋にたくさんいる、ぬいぐるみのプーさんのことらしい。

「バカか」

新平は言い、首を振った。

テレビが元日の演芸番組を流している。

「……誰も墓を見るつもりはないのか」

あらためて新平は言った。長男ながら郷里を出て来たので、こちらに墓は持っていない。そろそろ、その準備をしたほうがいい頃だろうと思ったのだ。ただ、いくら墓を建てても、その後の供養をしてくれる者がいなくては仕方がない。

長男は無言。

ぽわぽわのセーターを着た次男は、にこにこと、いくらの醤油漬けを食べている。

「お金をこちらに預けていただければ」

と三男。

「わかった。もう期待しない。ママのことは俺が看取るから、俺のときは、骨をどこか島か海にでも撒いてくれ」

新平は宣言した。「うちの家族は、墓はなし。散骨でいいから。それで、おまえたち三人は、無縁仏だ」

このまま家族がここで朽ちていくと思えば、それはそれで健やかなものだった。

「いやよ、そんなの。私はさびしいわ」

英子が悲しげに言う。よく見れば、昨日からの料理づかれで、ずいぶんげっそりした顔をしていた。「だいたい、どうして私が先なんですか。失礼な」

「先だろう、どう考えても」

新平の見立てでは、そうなりそうだった。

「なあ、建二。猫も連れてくりゃよかったじゃないか。たまにママにも会わせてやれ」

「会いたいわ、みーちゃん」

「うん、でも猫だから、あんまりよその家に来たがらないよ」

次男はにこにこと海老を食べながら言う。

「誰か家で面倒見てるのか」

老人とバカにされては困る。鼻先にピュッとするどい問いを投げかけると、建二はぽかんと不思議そうな顔をしてから、へへっ、と口を横に広げて笑った。

やっぱり。

こいつ、男がいるな。

「よし、お前たち、今年の抱負を言いなさい」

お正月恒例、息子三人に新平は問いかけた。

孝史は黙っている。

建二はまだ海老と格闘中で、どぞ、お先に、と雄三を促した。

「僕は今年こそ、結婚します。もし今年中が無理でも、来年、五十歳の誕生日までには、絶対」

雄三の、夢のような発言は無視。グラビアアイドルのなんとかちゃんと、本当に結婚できると思っているらしい。

新平は岩のようなやつがしらをかじりながら、息子たちの顔を見、しばらく他愛のない話を聞きつづけることにした。

4

正月も三日を過ぎると、親戚からの挨拶電話も一通り終わり、建二も来ず、雄三も出かけて静かだった。

朝の長い体操をして、ふらっと事務所へ歩いてゆき、昔なじみから会社宛に届く年賀状を受け取った。

出し忘れた相手への返信を作り、それから周囲の掃き掃除をしても、今どき正月の挨拶に訪れるようなアパートの店子もいない。

家に帰って英子と二人で花札遊びをし、あとは気づけば、すぐに七草がゆ、鏡開き。

年賀はがきの抽選は、いつも通り、末等の記念切手シートが当たっただけだった。

女優が引っ越したあと、空き地になっていた事務所の向かいには、あっ、という間に家が建った。

何日か足を向けずにいたせいで、次に訪れたときに、あっ、と声を上げた。基礎工事のあとは、工場でカットされた材料が運び込まれて、素早く組み立てられてしまう。

小綺麗で、よく見る外壁のスマートな住宅だった。路地の雰囲気に不似合いな、シンプルなカーポートが設えられている。

明石建設が仲介した家のなごりは、あるいは番地以外、もうなにも残っていないのではないだろうか。

いずれにしろ新平には、すっかり縁のない建物になった。

二月の末に建二の誕生日があり、寿司か鰻でも取るから、暇を見てそのうち飯を食べに来いと連絡すると、だったら新橋の料亭レストランに行きたいと、なかなか金のかかる提案をした。家族揃って来た覚えがあると、英子が言い張ったあのお店のことだった。

雄三が車を出せる日を選び、孝史にも一緒に来るようにと、建二が言い含めたようだ。それでもきっと当日になって嫌がるだろうと新平は思っていたが、意外にも孝史はしっかり着替えて玄関に下りて来た。

ひげのそり残しと寝癖は仕方がない、気にしないことにした。

雄三の運転で新橋へ行き、さなえと来たときよりも広い個室で夕食会をした。

本当にお金のことは気にしない三男が、肉のコースにさらに追加の料理をいくつも頼む。建二の誕生祝いなら、他の全員で割り勘にするのが筋だろうと新平は一応提案したけれど、誰も同調しない。

無言の孝史を除く三人がお帳場でごちそうさまを口にすると、

「これで記憶通りになったね」

と建二が英子に言った。

英子は夢とうつつの混じったような、おかしなことをときどき口にしたけれど、浮気のことだけは、ぴたりと言わなくなった。

新平の改心と同時に、やはり定期的に訪れる広田クリニックでもらう薬のおかげかもしれない。

ひとりふらふらと出歩く機会が少なくなったぶん、新平は英子を連れて、どこかへ出かけることを考えるようになった。

ただ、とにかく歩くのを嫌がる妻だったから、なかなか連れ出すのは難しかった。電車かバスで行こうと池袋のデパートに誘い、買い物のあとは甘味処であんみつを食べた。さらに妻の甘えを聞いて、帰りはだいたいタクシーだった。

英子が急な衰弱を見せたのは、誕生日も近くなった秋だった。

「どしたの、食べないの」

あれほど食欲旺盛だった妻が、なにを見せても、なにを勧めても食べたがらない。それが一日つづいている。

「病院に行くか。広田先生のところ」

「……うん」

馴れたタクシーを呼び、広田クリニックへ行ってもらう。

土曜日の午後だった。

夏の疲れのせいか、モノを食べるのが億劫になっているようだ。あるいは、いよいよ老衰なのかもしれない。

新平が自分の見立てを伝えると、広田クリニックの大先生は問診と触診をして、

「入院させますか」

と新平に訊いた。大先生も、英子よりも一歳上、新平と同い年だった。

「どうする、入院するか」

新平がおでこを近づけて聞くと、英子は弱々しく首を振って、

「帰る」

と小さく言った。

「帰る？」

聞き直すと、半分目を閉じて、うん、うん、と二回うなずいている。

わかった、と答え、

「少し様子を見て、また週明けに来ます」

新平がそう決めて家に連れて帰った翌朝だった。
いよいよ体力が尽き、足腰が立たないようになったのだろうか。
ふと見ると、英子はトイレの前に、うつ伏せに倒れていた。

第十話　秘密の旅路

1

ほんの少しの着替えと、薬や眼鏡といった簡単な身の回りの品、それに旅の案内を入れたボストンバッグは軽かった。

一番重いのは、茶色い革のバッグ、それ自体ではないだろうか。

大昔、取引先との接待ゴルフに行くときのために買ったものだったけれど、さほど使わないうちに会社が傾いてしまい、気がつけばすっかりコースに出なくなった。あとはたまの旅行に利用するばかりで、もう三十年から四十年ほどになる。

とにかく相当な年代もののはずだったが、それにしては傷や汚れは目立たない。お客様、これは一生モノですよ、と百貨店の女店員に勧められたとおり、レザーは柔らかなまま、形はまだまだしっかりしている。

新平はそのバッグを軽々と棚にのせると、窓際の自分の席に腰を下ろした。空いた隣の座席に荷物を置かないのは、まずは身についたマナーというものだろう。加えて隣の乗客が途中で現れた場合を考えると、また席を立って、荷物を棚に上げるのはかえって面倒だった。だったらはじめから、ちゃんと片づけておいたほうがいい。

もっとも二番目の理由のほうは、今日の車内の混み具合では、無用な心配だったかもしれない。梅雨時で旅行はオフシーズンなのか、車両の乗客はさほど多くない。とくに新平が取った席のあたりは、通路を挟んだ向こうまで見ても、横一列で、座っているのは新平だけだった。

すぐに地下のホームから列車が出発すると、黒い車窓に自分の顔がほの白く映る。

汽笛一声、新橋を、と新平は小さく鼻歌をうたった。

でも、ここは上野だった。

次の停車駅は、大宮。その次が宇都宮、郡山……。

時刻は朝九時をまわったところ、東北へ向かう新幹線だった。

日本語と英語による女声のアナウンスが終わると、ほどなく車掌が中に入って来た。

でも今は昔のように、乗客にいちいち切符の提示を求めるようなことはしないらしい。職員は手元の端末で、指定券の売れている席を確認できるのだろう。やはり若い車掌は、新平に声をかけることもなく、すーっと通路を歩いて行ってしまった。

妻の英子が廊下に倒れているのを見つけたとき、新平はいよいよそのときが来たと思った。

もう一昨年のことだ。

「おい、どうした。おばあさん。平気か」

慌てて駆け寄り、声をかけても返事はない。

前の晩、じっと座らせていた居間の椅子からは、ちょうど帰宅した三男の手も借りて、どうにか布団の部屋まで歩かせたのだった。その調子では、夜中にお手洗いに立つのも難しそうだったから、最悪、粗相してもいいようにと、シーツの下にはビニールと新聞紙を敷いておいた。

「なにかあったら、声かけろ」

そう伝えて、ほんの仮眠のつもりで新平は目を閉じたのだったが、昼間は広田クリニックに妻を連れて行き、思った以上に疲れていたのだろう。声をかけたあとのことは一切覚えていないほど、ぐっすり寝入ってしまい、目を醒ましたのはすっかり朝。

妻のほうに目をやると、隣の布団はもぬけの殻だった。

かわりに開けっ放しのふすまの向こうに、廊下にうつ伏せになった丸い人影が見えた。

新平が慌てて飛び起きたのは、そのあとだ。

「おい。おばあさん」

新平は呼びかけながら、妻の首筋に手を当ててみた。

人らしい温もりがあり、耳を近づけると、弱々しいながらも、息づかいが聞こえる。ただ、それは今消えてもおかしくないくらいの弱々しさにも思えた。

「孝史。雄三。起きろ！　ママが大変だぞ」

新平は階段の下から、二階に向かって声を張り上げた。合わせて百歳を超える息子ふたりは、十代の頃に割り当てられた自分たちの部屋で、まだぬくぬくと寝ているに違いない。「孝史！　雄三！　来い！　早く！」

いくら怒鳴っても反応はない。新平は小さく舌打ちをした。

やがて、みしり、と階段の鳴る音がした。

「孝史か」

階段の中程まで下りて来た孝史が、こわごわとのぞき込んでいる。

「ママが倒れてる。老衰だ」

その説明を聞くと、あれだけ母親に特別扱いされ、子どもの頃からずっと面倒をかけてきた長男が、自分の手には負えないとばかりに、こちらを向いたまま階段をひとつ上がった。

逃げるのか。いざとなったら。

まあ、そんなものか、と新平は苦笑し、頼りにならない長男に仕事を命じた。

「おまえ、雄三を起こしてきてくれ」

孝史は返事もせずに、バタバタと二階に戻って行った。あの慌てっぷりなら、なかなか起きない雄三も、さすがに緊急事態とわかるだろう。

ドアをどんどん叩く二階の騒がしい物音を聞き、ほぼ動きのない妻の様子をしばらくうかがうと、新平はそっとその場を離れ、玄関でサンダルをはいた。

空気を入れ換えるようにドアを大きく開け、外の様子を見る。

ぴーっ、とヒヨドリの高く鳴く声が聞こえた。

「なにしてるんですか……お父さん」

　外に出たついでに朝刊を取って戻ると、巨漢の三男が階段を下りてきたところだった。驚いたというよりは、ほとんど怯えたような目で新平を見ている。「いつ倒れたんですか、お母さんは」

「さあな」

「さあな、って」

「見つけたのは今だな」

「なんで落ち着いてるんですか、倒れたお母さんを放って」

「は？　だって老衰だ。ここで看取るしかないだろ」

「老衰？」

　雄三は理解しづらそうにつぶやくと、あとは直接、倒れている英子のほうに話しかけた。お母さん、お母さん、お母さん。どうしました、どうしました、どうしました……。

「おい。あんまり動かすな」

　英子の肩に手をかけて、うつ伏せの状態から無理に起こそうとする雄三を、新平はきつく注意した。レスリングの試合じゃあるまいし、雄三の怪力でひっくり返されたら、たとえ病人でなくても、老人ならひとたまりもない。「そんなに引っ張ったら、骨が折れっぞ。今は寝かせとけ。そのほうがいい」

父親の指示に、はっ、としたのだろう。アイドルとぬいぐるみの好きな、ジャージ姿の海坊主は手を引っ込め、新平のほうを見た。

「救急車を……呼ばないんですか」

「呼ばない」

「お父さん！」

「騒ぐな。なんにもしないくせに。ママは寿命だ」

新平はぴしゃりと告げた。いつかこうなることは、ずっとわかっていた気がした。去年、妻が認知症と診断されてからは、なるだけそばにいるように努め、日々の変化にも気を配っていた。「どうせ病院に運んだって、もう寿命なんだ。お前たちも覚悟しろ。病院に行って、無理に生かすような治療をされたらどうすんだ」

それは新平が常々思っていたことだった。妻や自分がいよいよ弱ったとき、どうするのが一番いい方法か。

病院のベッドでたくさんの管につながれ、意識もないまま数ヵ月、ひどければ年単位で生きながらえるのが幸せとは思えない。

それくらいなら家にいて、ある日、ぽっくり死ねればなによりだ。

もしそこまでうまくいかなくても、徐々に体力が衰え、思うように自分で体を動かせなくなり、いよいよ食事もとれなくなったら、もうおしまいでいいだろう。

妻に一切相談はしなかったが、新平は自分たちの終末を、そんなふうに思い描いていた。

「いいな。はっきり言っておくぞ。ママのことは、ここで看取る。延命の治療はしない」

老いてなお、家のすべてを取り仕切る新平の宣言に、孝史も雄三も、抵抗しがたいものを感じたのだろう。

揃って息を呑み、口をつぐんだ。

2

宇都宮を過ぎると、急に景色が変わった。

左手に山が連なり、線路沿いに水田が広がっている。大宮から小山あたりの、都内とそう変わらない景色とは違って、目に飛び込んでくるのは田園の緑と、鉄塔の銀色ばかりで、新平はいよいよ旅の気分が高まるのを感じた。

旅行なんて、だいぶ久しぶりだった。

三年前に行った、兄弟会の伊豆旅行が最後だっただろうか。

昔は混雑の中、よく家族旅行に出かけたものだった。長男の孝史が、ぎりぎり中学生だったくらいまでだ。

つづけて休みを取れるのは、お盆かお正月、五月の連休と決まっていたから、いつだって列車はぎゅうぎゅう詰め、ドライブに出ても道路は渋滞だった。

郷里のM町に帰ることもあったけれど、それは多くても年に一度。むしろそれ以外の旅行に連れて行くのが、ふだん仕事で忙しい新平に求められる「家族サービス」だった。

あの頃、車で登った富士山で、ひやりとしたことを思い出した。

スバルラインだったかスカイラインだったかのパーキングに車を停め、新平が道を渡って風景の写真を撮っていると、向こう側で妻と手をつないでいたはずの建二が、道に飛び出したのだった。

「建ちゃん！　あぶないっ」

英子の叫び声を聞き、振り返ると、車の行き交う道を、四歳だった建二がにこにこと走って来る。

あのときはもう死んだと思った。

間近に迫ったスポーツカーが、きいいいいっと急ブレーキを踏んで止まってくれなければ、今頃、あの次男、自称長女は墓の中だっただろう。

「バカヤロウ、あぶねえな、子どもの手ぇ離すな」

スポーツカーの運転手が怒鳴ってから走って行った。

でも建二本人は、道の向こうにいた父親のもとにするするっとたどり着き、泣きもせずに満足そうだった。

新平は建二を抱き寄せ、奇跡の無傷を確認した。

妻が小さな子どもふたりのほかに、おんぶ紐で背負った三男の面倒も見ていたことを思い出せば、ひとりで風景写真を撮っていた新平は、謝るしかなさそうだった。

トンネルを抜けると、ますます田んぼの色が鮮やかに見えた。

新平は郡山で新幹線を降り、在来線の快速電車に乗り換えた。

一番後ろの指定席車両に乗り、やはりまず荷物を上げる。そして前の背もたれにあるラックから、観光案内のパンフレットを取ってめくっていると、車掌が訪れ、切符の提示を求められた。

昔ながらの検札に懐かしさを覚え、新平は財布やカメラを入れた小さなショルダーバッグから、大きな乗車券と指定席券を取り出し、車掌に渡した。

会津若松へと向かう始発電車だった。

入鋏済のハンコを押した切符を返してもらい、車掌が立ち去ると、会津磐梯山は〜、宝の〜山〜よ〜、と新平は機嫌よく鼻歌をうたいながら、車窓からの景色を眺めた。

喜久田。

磐梯熱海。

猪苗代。

いつも明石建設で仕事を頼んでいた大工にも、会津若松に住む親子がいた。事務所の二階によく泊まってもらったが、妙におっとりした、気のいい親子だった。会津には、いい温泉がいくつもあるよお、とよく教えてくれた。

会社を畳んですっかり連絡は取らなくなったけれど、息子のほうはまだ現役だろうか。

一時間と少しで終点の会津若松に着くと、ちょうどお昼の時刻だった。

大きな赤べこの置物を写真に収めてから、ボストンバッグをコインロッカーに預け、駅前のバス案内所で周遊バスの一日券を買った。

「お昼食べるのに、どっかいいところある？　このへんの名物とか」

「名物だったら、ラーメンとかソースカツ丼とか」

売り子さんに訊ねると、いろいろ教えてくれる。おすすめの店を新平は手帳にメモした。一番早く着くバスも訊く。

「どこで乗るの、これ」

「そこの4番です」

「あ、そう。ありがとう」

見れば、ハイカラさんという名前の青いバスが、確かにちょうど4番のバス停に停まっている。

クラシックなボンネットスタイルの、小型バスだった。前の入口から乗り、中に進んで席に着く。二人先客がいて、三人があとから乗った。

観光スポットを巡る周遊バスだけあって、出発すると、テープのアナウンスが停留所付近の見どころを、さらっと説明してくれたりもしてありがたい。小ぶりなバスは、ときどき大きく曲がりながら、意外な速度で町中を飛ばしていく。

七日町白木屋前。

七日町駅前。

野口英世青春館前。

野口英世青春広場前。

会津若松市役所前。

鶴ヶ城入口。

鶴ヶ城三の丸口……。

降車を知らせるためのボタンには、赤べこの絵が描かれている。

新平はバス案内所で教わった通り、「徒の町」というバス停でボタンを押した。徒とは歩いて殿様に仕える武士のことで、古くは徒の者が住んだ町のようだった。そのバス停の近くに、名物のソースカツ丼を食べさせる白孔雀食堂があるらしい。

まずはそこで腹ごしらえをするつもりだった。

3

廊下に倒れていた英子のことは、結局、三人でシーツに乗せて、居間まで運んできた。

そのままではトイレも使えなかったし、テレビの前に寝かせておけば、なんの用事をしていても、だいたい様子が目に入りやすかった。そこまでを終えて、朝八時。さすがにルーティーンの体操はしなかったけれど、新平はいつもの健康朝食を作って食べはじめた。

ヨーグルトにきなこ、すりごま、干しぶどうを入れたものをカフェオレボウルにたっぷり一杯。

それから梅干しを一粒。米ぬかを煎ったものをスプーン一杯。はちみつスプーン二杯。

「おまえたちも、朝めし食え」

新平にそう命じられて、孝史も雄三も、買い置きの菓子パンを口に押し込んだ。

さすがに食欲がわかないのか、牛乳で流し込んでいる。孝史が、うっ、と口の中のものを戻しそうになり、手で押さえてトイレに走って行った。

「父に逆らえませんでした」

もしこの件が裁判になれば、息子ふたりは、そうやって罪を新平になすりつけただろうか。

いかにも家の中では、新平が好き勝手な命令ばかりする暴君であったように。新平からすれば、五十歳前後にもなって、老いた父に逆らえない息子たちのほうがどうかしているけれども。そもそもこんなに好き勝手をさせている甘い父親を、誰が暴君と呼ぶのだろう。

ただ、面従腹背なところのある雄三は、メールだかLINEだかで、こっそり建二に様子を伝えたらしい。ほどなく雄三のスマートフォンに電話がかかってきて、雄三はそれを新平に差し出した。

「お父さん、建姉から」

「建二か」

電話に出ると、

「ねえ、ママが倒れてるの？　お父さん、なにしてるの？　早く救急車呼びなよ」

現場にいもしない建二が、話も聞かずにきーきーと騒ぐから、新平は、スマートフォンを雄三に突き返した。

「切れ」

命じたけれど、首を振って受け取らない。仕方なくもう一度耳に当てた。

「なにやってんの？　そんなところに放置して死なせたら、お父さん、警察につかまるよ？」

「いや、ママは老衰だから。このまま家で看取ることにした」

新平はさっき息子ふたりに伝えたのと同じように宣言した。

でも、よそに住む建二には、効果が薄いようだった。

「ろうすい？　先週まであんみつ食べて、お相撲見てたのに？」

「ああ、急に衰えが来たな」

「ねえ、バカなこと言ってないで、まず救急車を呼んで！　お布団で寝てるならともかく、床でしょ、それで今、まだ息があるんでしょ？　そんなの、ママが死んだら、お父さんだけじゃなくて、三人とも、保護責任者遺棄致死で逮捕だよ！」

救急車で二十分ほどの、なじみのない病院に運ばれ、治療を受けた英子は、幸い一命を取り留めた。

ただ、衰弱はやはり著しく、軽く脳梗塞の発作もあったらしい。

担当の医師によれば、点滴で栄養を与えながら、回復を待つということだったが、それから毎日、面会時間に新平が訪れるといつも眠っていた。

違う時間帯に顔を出したという建二は、英子が起きていたと言ったけれど、本当だろうか。たまたま具合のよいタイミングだったのか。

新平の見たところでは、妻はうすく目を開けていても、果たして夫のことをちゃんと理解できているのか。手を握って声をかけると、うう、と反応することがあったけれど、それ以上に言葉を返すわけでもない。

「ほら、お母さんの好きなププ子ちゃんが来ましたよ」

小さなクマのぬいぐるみを手に登場したひげ面の雄三と、かげに隠れるようにこそこそついて来た孝史に対しても、同じく妻は目でなにか訴えているような気がしたけれど、実際のところ、それもどうだかわからなかった。

空調のしっかりした、きれいな病室のベッドに横たわる妻の姿は、このままにもしなければ、余命一、二週間。もって一ヵ月といったふうにも見えた。

一週間が経っても、眠ったままの様子は変わらず、さらに一、二日過ぎても同じだった。

そろそろ親戚に声をかけるタイミングをはからなくてはいけないだろうかと新平が思っていると、

「ねえ、ずいぶんしゃべるようになったね、ママ」

夜、病院帰りに家に立ち寄った建二が明るく言ったのでびっくりした。

「は？　ママがしゃべるって？　おまえはどこの病院行ってるんだ」

「ママのところ」

「嘘だろ」

「本当」

「病室、間違えてないか？」

「間違えないって」

建二によれば、夕刻に行ってしばらく話しかけていると、ずいぶんしゃっきりと目を開けて、言葉は不明瞭ながら、なんとか意思の疎通はできるくらいにしゃべるらしい。

「午前中に注射とか検査とか、いろいろやって疲れるんじゃないの？　お父さん、毎日午後一の、ママのお昼寝の時間にお見舞い行ってるんでしょ」

「そんなバカな話があるか」

新平は鼻息荒く言い返したけれど、

「じゃあ、一回夕方に行ってみてよ、ママ、お父さんに会いたがってるよ！」

挑発ぎみにそう提案されて、試さない理由もない。どうせだったら、建二の話の嘘も暴いてやろうと、時間を合わせて夕刻の病院に赴くと、建二のほうが先に病室にいた。

ナースステーションの看護師さんたちともすっかり顔なじみの新平が、きちんと面会のバッジをつけ、毎日通っている四人部屋に胸を張って入って行くと、すぐのベッドを斜めに起こして、横の椅子に腰掛け、母親の手を取り、建二はなにか話しかけているようだった。

「ママ！　大好きな人来たよ」

新平の姿に気がつくと、派手な色のスカートをはいた建二が言った。まずはその息子の動きよりも、半分だけ引いたカーテンの向こうにいる、斜めに体を起こした病人の様子を、新平は食品の品質検査員のような厳しい目で見た。

ほぼ意識のない、反応もできない英子を相手に、建二が一方的に話しかけ、答えも自分で作り出しているのではないか。そういう自作自演を疑っていた。

「ねえ、ママ。あの人、誰かわかる？」

声をかけられた英子は、建二にうながされて新平のほうを見た。確かに首は動いたし、いつもより目が開いているのは、間違いなさそうだった。

「ほら、誰だっけ？　あの人」

もう一度訊かれて口をぱくぱくさせる英子にはびっくりしたが、やはりそれを建二が自分に都合よく聞き取っているのだろう。あるいは誘導して、真意にかかわらずイエスやノーくらいなら答えさせられるのかもしれない。

「ねえ、ママ、だーれ」

うごご、と小さく口から音を出した英子に、建二は顔を近づけた。「もっとはっきり言って。あの人は、誰？」

「おい、わかったから、もういいぞ」

オカルト好きな次男をたまらず制止しようとしたとき、英子の発したもごもごの声が、

「おとうさん」

と新平にも聞こえて、どきりとした。

4

「徒の町」のバス停で降りて、T字路の突き当たりまで歩くと、お目当ての白孔雀食堂はあった。

食堂、という名前にふさわしい、土間にたくさんのテーブルと、お座敷の席が一角にある店内だった。地元の人や観光客、有名人も訪れるのだろう。壁にはたくさんの色紙が飾られている。

藍色の丼の蓋から、ソースにたっぷり漬けられたカツが大きく覗いている。平べったいカツが二枚のった名物カツ丼は、蓋をとると行司の軍配のように二枚が配置されていて見事だった。

もう九十一歳、秋には九十二歳になる新平には、さすがに無謀な挑戦かとも思えたけれど、せっかくはじめての会津若松で、最初に食べるご飯だった。

ぱらぱらめくっていた手帳を置くと、割り箸を手に、油揚げとわかめのお味噌汁にちょっと口をつける。

そして照りのよい、ソースの色に染まったカツをいよいよひとかじりすると、思いのほか味はさっぱりしている。肉は厚すぎず、ちょうど噛み切りやすいやわらかさだった。

ご飯とカツとのあいだには、千切りのキャベツが敷かれているから、丼とはいえ、米自体の量はそれほどではないのかもしれない。

よし、これはいけるな、と新平は安堵し、ばくりばくり、ばくりばくりと、ひるまずに食べ進んだ。

途中、べつのテーブルの客が、丼の蓋にカツを一枚避けてから、ソースカツ丼を食べるのを見て、そういう食べ方があったかと新平は思ったが、そのときにはもう、二枚目のカツを食べ始めていた。

若い女性ばかりのグループも、同じ名物カツ丼を注文したようだった。彼女たちのテーブルにそれが届くと、甘やかな歓声と拍手が沸き起こっている。

名物のカツ丼をすっかり食べきり、新平はにぎやかな食堂を出た。

バス停に戻ると、次のバスがちょうど来たところだった。

宿を取ってある渓谷の温泉駅を通るコースなのは、周遊バスだから仕方がないのだろう。さっきとは違う、普通のバスのかたちをしたハイカラさんに乗って、新平が目指すのは白虎隊ゆかりの地だった。

「飯盛山下（いいもりやました）」のバス停で降り、まんじゅう屋や、お土産屋の並ぶ通りを抜けると、長い階段の横に、有料の「動く坂道」が併設されている。

決して足腰に自信がなくなったわけではなかったけれど、まだしばらく旅はつづくのだからと、そこでは楽をする道を選んだ。

ベルトコンベアのような「動く坂道」が、階段と同じ傾斜ではるか上までつづいている。

そのすぐ先に白虎隊の慰霊碑があるようだった。

屋根つきの「動く坂道」を登り切り、ひなびた食堂を横目に石段をあと少し登る。昔、何度かテレビのドラマで見たくらいで、新平は決して知識が多いほうではなかったけれど、旧幕府勢力と新政府軍の争いの中、会津藩の十代の若者たちが集められ、戦い、この地で自刃（じじん）を遂げたと思えば、元陸軍二等兵としては、もちろん手を合わせないわけにはいかなかった。

小さなテーブルにお線香の束と、代金を入れる缶、カセットコンロが一台置いてある。新平は缶に百円を入れ、カセットコンロで線香に火をつけると、その束を手に慰霊碑の前に立った。

線香を供え、手を合わせてからよく見ると、それは白虎隊とともにその戦（いくさ）で亡くなった地域の婦人たち、二百余名の慰霊碑だった。

新平はあらためてご婦人たちのことを思って手を合わせ、それから隣にある、白虎隊の慰霊碑のためにも線香をひと束取り、火をつけた。

自刃の地は慰霊碑の向こう、鶴ヶ城を望む場所にあるようなのでそちらにも足を運ぶ。

そのあとで、もう一つの目的地に向かった。

白虎隊の慰霊碑から、山の下へとぐるり回りながら帰るルートの途中に、新平の見たい建物はあった。

会津さざえ堂と呼ばれる木造のお堂だった。

一見したところぼろぼろの、朽ちかけた古い塔のようにも思えるさざえ堂は、建てられてもう二百二十年ほどになるらしい。階段がなく、堂内をらせん状の通路で登って行く。六角三層ということだから、中は三階建てになっているようだったけれど、らせん状の通路がまわりを取り囲んで、外観は斜めにひしゃげた階が積み重なっているように見えた。

その様子がさざえの殻を思わせるのだろう。

見たことのない建築だった。

入場券を買い、その不思議なかたちの建物に足を踏み入れた。

入口にまず仏像が安置され、左手にスロープがある。決して広くはない、天井も高くない、きいきいと鳴る古い床に滑りどめの横木が打ちつけられている。

聞くところによれば、そのらせんの通路を一番上までのぼり、そのまま下りのらせん通路をおりてくると、上りの参拝客には誰にも会わないうちに、堂の反対側に出るということだった。

つまり堂内には二重のらせんの通路があり、それが一番上でつながっているという構造らしかった。

江戸時代には中に三十三の観音像が置かれ、お堂を歩くことで巡礼参拝できるといった趣もあったそうで、そのなごりに見えるスペースに、なにやら案内や解説の額が飾られ、壁や柱には、べたべたと千社札が貼りつけられている。

いちいち足は止めずに、時計回りのらせんの通路を新平はせっせとのぼり、ぼろぼろの木の柵からときどき外の明るい景色を覗き、ふっと息をつき、だいたい地上十数メートルのてっぺんまでが、二分から三分ほどだろうか。

ここが一番上という太鼓になった橋を越えて、そのまま逆回りのらせんの通路を下りていく。果たしてどこに出るのかと少し首をすくめながら、もう新しく人とすれ違うこともなく、やはりせっせと歩き、みしみし、きいきいと床が鳴るのを聞き、ようやく出口についたとホッとする。

　それはまるで人生のようじゃないかと新平はふと思った。

「延命のための治療なんて、お父さんが勝手に決めつけないでよ。ママ、きっとリハビリして元気になるから」

　ちょっと疲れた様子の英子を休ませ、同じ階にある談話スペースで建二と缶ジュースを飲んだ。一緒に夕方の病室で落ち合った日だ。ドリンクやテレビカードの自販機が並んでいる。

「でもな、先生だって、あいつはもう長くないだろうって」

　ナースステーションがすぐそばなので、新平は少し声をひそめた。

「言ったの？　いつ」

「二日か、三日くらい前。嚥下がどうしてもうまくできないから、胃瘻にしたいって相談が向こうからあって。おなかにチューブ通して、食事なんかを入れるっていうんだろ。ほら、点滴だけだと、やっぱり栄養が足りなくて、だんだん弱っていくってことで」

「なんて答えたの」

「切った張ったはやめてくれ、ってな。そしたら先生も、わかりましたって」

新平は記憶をたどりながら言った。ずいぶん知的な雰囲気の、五十代くらいの冷静な口ぶりの女性医師だった。「北欧なんかじゃ、自分で食べられなくなったら、それでおしまいって考えがあるんだってな。先生がいきなりそんなこと言うから、それは私の考えと同じですな、って答えたよ。つまり、もうダメって意味だろ、結局」

「そう？」

「ああ、先生は遠回しに言ってくださったんだ。もう助からないって」

「ねえ、違うんじゃない？　それ。ちゃんと先生の話聞いてないの？」

「だって、もう老衰だぞ」

「違うって。軽い脳梗塞だったら、胃瘻で栄養つけたら、また口から食べられるようになるよ」

「……そうなの？」

新平は口を尖らせた。

「なるって、絶対。この前だって夕食の時間に、食べたいわ、って言ったんだから、ママ。他の人はご飯なのに、自分だけ点滴でしょ」

人一倍食欲の強い妻のことだから、それはありえそうだった。

「だいたい、なんで老衰って決めてるのよ、この前から」

「そりゃあ、あいつは今年で八十九歳だぞ。老衰でおかしくないだろ」

「お父さん、ママより一つ上でしょ」

濃い睫毛(まつげ)を瞬(またた)かせて、建二が言った。「退院して、介護が必要なら、うちで引き取ってもいいから」

「また……。できるもんか。仕事はどうすんだ」

「ん、それはうまくやりくりして。同居人もいるし」

ふん、と新平は笑った。その手の甘い話に乗せられて、どれだけ人に裏切られたことか。

もしそういうふうに話を進めるのなら、すべてを自分ができるようにしておかないと、あぶなっかしくて踏み出すわけにもいかない。

郷里のM町を飛び出したときから、結局はすべてが自分の選んだ道と思って、新平は生きてきた。

いいことも、わるいことも。

東京に出て来たのも自分。英子と結婚したのも自分。勤め先の専務を怒鳴りつけてやめたのも自分。家を建てたのも、会社を設立したのも、調子に乗って会社をつぶしかけたのも自分……。

おとうさん、と聞こえた妻の声を思い出しながら、新平は缶ジュースを飲み、無言で考えていた。

5

私も一度先生の話を聞く、という建二の主張を聞きいれて、あらためて担当医に面談を申し入れた。

その結果、胃瘻で栄養状態をよくして、リハビリを進めようという話に決まった。

そもそも脳梗塞のせいで、嚥下ができなくなったらしい。

やはり老衰とは関係ない話のようだった。

「最初から、私が聞きにくればよかった」

建二がうらめしそうに言った。

英子の入院は、あっという間に二ヵ月を超え、病院にいるあいだに、夫婦は年を一つずつ重ねた。

新平は九十歳に。

英子は八十九歳に。

二〇一五年の秋だった。

「これは、大丈夫だね、義姉さん。ずいぶんしっかりしてる」

お見舞いに来てくれた明石家兄弟会の一員、門前仲町に住む末の妹の旦那が安心したように言い、

「ああ」

新平はうなずいた。

嚥下の訓練が思ったよりもはかどらず、口からモノを食べるのにはまだ時間がかかるようだったけれど、午前中には車椅子に座らせてリハビリのスペースに行き、バーにつかまって自分を支えるといった運動をしているらしい。それができればトイレの介助はぐっと楽になるということだった。

入院中に要介護の認定をもらい、自宅に手すりやスロープ、介護用のベッドを設置する手配が済んだ。

「おばちゃん、どう?」

さなえもたびたび見舞いに来てくれて、もごもご、にこにこと話す英子によく付き合ってくれている。

その日は病室でたまたま建二と会い、きゃあきゃあ一気に話が盛り上がっていたから、新平が誘い、上の階のカフェに四人で行った。英子も入れての四人だった。車椅子は新平が押した。

「お父さんって、高木ちゃんの愛人、怒鳴りつけたんでしょ、病室で」

またそんな話題を建二が蒸し返している。

さなえの亡き夫の浮気話だ。カフェとはいえ、病院でする話かと新平は思いながら、ホットコーヒーに口をつけた。

「そう。いますぐ出て行けって。桜井っていう、高木の愛人に。おじちゃん、かっこよかった」

さなえの正当な評価に、ふっ、と新平は笑った。

「自分だって、ずっと浮気してたくせに、よーく人のこと怒鳴ったよね」

必ずそういう意地の悪いことを言うのが、建二だった。

建二が父親をからかうのが、よほど楽しいらしい。よく日の射すカフェで、病院の名前が入った車椅子に座り、英子はずっとにこにこ笑っていた。

それからほどなく退院日の相談が担当の医師からあり、最短なら次の月曜日ということだったけれど、その日は自分が立ち会えないから、別の日にずらしてほしいと雄三（とクマのププ子）が英子に直訴したので水曜日になった。

雄三は雄三なりに、自分が車を運転して英子を迎えに来たい、という思いがあったようだ。

ただ、介護タクシーを頼むほうが、なにかと都合がよかったのでそちらを手配し、わざわざ退院を遅らせた意味はまったくなかった。

退院の日に家族が全員揃い、それから地域のケアマネジャーの面談を受ける日にも、また全員が揃った。

「介護はどなたが中心になってやられますか？」

スラックスをはいた健康的なケアマネジャーの女性の問いかけに、雄三はなんの悪気もなさそうに、

「こちらが」

と、新平を手のひらで示して言った。

孝史は無言。

わりと介護に協力的な建二にしても、ふだんここにはいないのだから、じゃあ私が、とは言い出せない。

どうせそんなもんだろうと新平は思い、かっ、と笑った。

「でも……お父さんは、本当ならもう介護される側ですよ」

表情豊かなケアマネジャーは真面目に心配し、息子ふたりと「娘さん」を注意してくれたけれど、世間の常識が簡単に通用する家でもない。

それからずっと妻の毎日のあれこれは新平の仕事で、あっという間に一年半が過ぎた。

ただ毎日のルーティーンを黙々とこなすのは、もとから苦手ではない。

朝、起きてから車椅子に座らせるのも、朝一回の胃瘻も、昼と夜のご飯を作って食べさせるのも、口からものを食べたあとのごしごし歯磨きも（入れ歯の手入れも）、お手洗いに連れて行くのも、お手洗いの掃除も、車椅子からまたベッドに寝かせるのも。

やると決めれば、手を抜かずにやるのが新平だった。

週一回のデイサービスに送り出すのも、息子たちも一緒に連れて公園まで車椅子を押して散歩するのも、新平にすれば新しいルーティーンだった。

「お父さん、久しぶりに旅行にでも行ってくれば」

ふいにそんな話になったのは先週だった。

英子が急に股関節が痛いと騒いで入院し、それが思いのほか長引くことになった。

「その間くらい、私が病院に来てるから」

見舞いに行った病院で建二が言い、だったらそうさせてもらおう、と新平は話に乗ったのだった。

自分で予定を決め、電車の切符も宿も取った。

一度は行ってみたいと思っていた、会津若松の温泉宿だった。

インターネットで調べると、囲炉裏部屋で食事を味わう、料理が評判の宿があったのでそこに決めた。

源泉掛け流しの温泉があり、建物は昭和二十年代に建てられたままだというのも、新平のような年の者には、かえってなじめそうだった。

美人女将（おかみ）と女性スタッフたちが親切という口コミにも引きつけられた。

急にできた一泊二日の休みだった。

飯盛山をおりて、ハイカラさんで会津若松の駅に戻ると、コインロッカーからボストンバッグを出し、逆回りの周遊バス、あかべぇの出発時刻を待った。昼に一度通った渓谷沿いの道をのぼり、東山(ひがしやま)温泉駅でバスを降りた。そこからまた五、六分ほど上り坂を歩くらしい。

崖の下を川が流れ、その川沿いに宿が立ち並んでいる。

ここにもソースカツ丼のお店があり、射的屋の看板も見える。竹久夢二の歌碑があるのを見つけ、新平の鼻歌は『宵待草(よいまちぐさ)』になった。

宿にチェックインしたのは五時前だった。

きれいに手入れされた和風旅館で、広縁のある、三階の部屋に案内された。新平はまずくつろぎ、さっそく掛け流しの温泉につかり、夜は専用の囲炉裏部屋で贅沢なご飯を食べた。

先付けの和え物から、囲炉裏で焼いた天然のイワナ。とろける桜肉のお刺身。自家製の甘味噌が塗ってある厚揚げの田楽。囲炉裏に置いた網で焼く大きな牛肉を、黄身の濃い、会津地鶏の温泉卵にからめていただく。自畑の野菜のサラダや会津の十割そば。こちらも自畑で採れたというイチゴのシャーベットもおいしく、新平はそれにかかった女将の手作りジャムまできれいに全部食べた。明日の朝食に出るという、炭火の焼き鯖がいよいよ楽しみになった。

木の匙についたカギでふすまを開け、部屋でしばらく休んでからまた温泉に行く。貸し切りの内湯にのんびり浸かり、そのまま露天のお風呂にもひとりで浸かる。

川の音が、夜になると、ちろちろ、ちろちろと部屋からよく聞こえた。

八畳の和室にはひと組だけ布団が敷かれ、文机のランプがほんわりと灯っている。

何年か前、新平が寝ている隣の布団で、妻が正座して、しくしく泣いていたことを思い出した。

その泣いていた妻が急に可哀想になり、次の夜、新平は頭をなでたのだった。

温泉宿の布団に大の字で寝転がると、新平は久しぶりにひとりで過ごした今日一日のこと、そして明日行く場所の予定なんかを思い浮かべた。

それから妻が食べそうな、甘いお菓子のことを考えていた。

エピローグ　秘密の通信

借金まみれの雄三が、なにを思ったのか新しく事業をはじめると言う。

今年、二〇二〇年二月の話だった。

「金なら、まったくねえぞ」

新平はまず釘を刺してから、一体なんの事業をするつもりか訊ねた。そもそも新平も、商売の話は嫌いではない。

でも今度の雄三の計画には、正直、度肝を抜かれた。

赤字つづきのアイドル撮影会はやめずに存続させ、空いている時間と場所を利用して、大手業者と提携した結婚相談所を開設するらしい。

「けっ、こん相談所？」

もちろん、さまざまな罵倒の言葉は用意できたけれど、本人が未婚だからといって、絶対その仕事に不向きとは限らない。本人がむさ苦しいからというのも同様。

「お父さん、もう解約できる保険はないですか」

聞けば、大手業者との提携に、結構な額のフランチャイズ料が必要らしい。

「バカか」

甘い三男との面談はそれで終了した。

保険どころか、去年には、新平のオアシス、アパートの秘密の小部屋だって、荷物を全部片づけて賃貸に出した。

なかなか足を運べないこともあったけれど、妻の入院でなにかとお金がかかってしまったし、家に一円も入れない息子たちがいるせいで、新平のもとに入る年金や家賃収入も、おそろしい勢いで消えていくのだった。

長い目で見て、一室分の賃貸収入は大きかった。

もっとも、退去のための費用がずいぶんかかってしまい、逆にたくわえを減らすことになったけれども。そこが昔から、見積もりが甘い、と妻にさんざん文句を言われたところなのだろう。

ともあれ、大事なコレクションのうち、選りすぐりのお気に入りだけをこの家の二階、もう使わない服ばかり飾った妻の衣装部屋に運び入れ、コレクションの残りのうちお金になりそうなものは、建二に委託して、ネットのオークションで売ってもらった。

自慢のエロ写真集や貴重な昭和エロスの資料を、段ボールにぎっしり詰めて建二のマンションに何箱も送りつけると、もちろん電話でギャーギャー文句を言われた。

「大丈夫？　ちゃんと気をつけてるの？　お父さんもそうだけど、ママなんて、罹(かか)ったら一発で死ぬヤツなんだからね。即死だよ」

最近、建二との連絡はテレビ電話になった。歯に衣(きぬ)を着せないとは言うけれど、さすがにもうちょっとオブラートにくるんだ物言いはできないものだろうか。

「ああ。みんな、ずっと家にいる。孝史も雄三も。どっちもあんまり部屋からは出てこないけどな」

「なんで？」

「ここにいると、家のこと手伝わされっからだろ。あいつら、本当になんにもしねえぞ。あれじゃ、俺の介護は絶対に無理だな」

　新平はテーブルのスタンドに立てかけた、タブレット端末を見ながら言った。それのソフトで通話ができるらしい。本当はスカイプとかフェイスタイムとか、なにか名前があるようだったけれど、だいたいテレビ電話で通していた。

「ふうん、孝兄なんて今の状況にぴったりなのにね。なにか特別な力、発揮したりしないの？」

「あるもんか、そんなの。ずっと家にいても平気なだけだ」

「っていうか、お父さんたちは、まずママに感謝しないとね。ママが頑張って死ななかったから、三人とも、犯罪者にならなかったんだから」

「いや、俺は病院に連れてくつもりだったけどな」

「嘘ぉ。ママが死んで、三人が逮捕されてたら、今、その家には誰もいないよ」

　このしつこい性格からすると、あと何年経っても、建二はずっと三人の非を言いつづけるのだろう。

　新平は事務所にあったパソコンをこの家の二階に置き、アダルト検索や通販の利用といった大切な用事はそこで済ませていたから、タブレットはもっぱら建二との電話用だった。

　あちらからしたら、老いた両親の見守り用なのだろう。

建二の同居人という人にも、この前、挨拶をした。ずいぶん若い男だった。

「でも、すごいよね。大正生まれで戦争行って、令和になって、今は新型コロナで自粛って」

「ああ。こんなことになるとは思わなかったな」

確かにまさかの疫病騒動だった。はじめはもっと軽く終わる話のように思っていたが、四月に入ってからの国の緊急事態宣言と、さらにその延長を受けて、いよいよ外出には慎重になった。

「髪のびたね、後ろ縛ってるの？」

「そう、散髪に行きたいよ、今は」

それから新平は、タブレットの画面を英子のほうに向けた。建二の顔を見て、英子は手を振っている。

「ママー、元気ぃ」

「……元気」

「おいしいもの食べてる？」

「……食べてる」

笑いながら、妻は言った。定期的に介助の人にお風呂に入れてもらっているおかげで、むしろ以前より小ざっぱりし、まったく染めていない髪は、きれいなほどに真っ白だった。そしてリハビリの甲斐もあって、重い口調ながら、ずいぶんしっかり喋るようになった。「……みーちゃん、どうしてる？　学校行ってるの？」

ただ、猫のみーちゃんのことを、建二の子どもと思っているようだった。産んだのか、産ませたのか知らないが。

「学校は、行ってないよ。今、コロナで休みだし」

建二も調子よく応じている。適当な、と新平はたびたび呆れたが、建二が思いつきを口にすることで、事態が好転することもあるからバカにもできない。

こんな状態の英子を見て、ママ、字書けるんじゃないの、といつだったか言うので、できるわけないだろ、と新平は断じつつ、念のためボールペンを持たせると、意外に達者に住所と氏名を書いたのでびっくりした。

それから新平が絵はがきを用意して、親戚相手によく短信を送っている。

妻が書くのは、新平が一緒に考えた平易な挨拶の文と、自分の住所と名前だけだったけれど、それでも親戚には驚かれ、感心された。

「ママ、お父さんがずっとそばにいて嬉しいでしょ」

「うれしい」

英子は言い、本当に楽しそうに笑った。

「ねえ、ママ、みーちゃんみたいなヒゲが生えてるよ。光ってる」

一言多い建二が言う。「今度抜いてあげるね」

「ふっ。ママはえらくなって、ヒゲ生えてんだ」

新平はフレームに入るよう、妻に顔を寄せて言った。

英子はヒゲの話が恥ずかしいのか、新平との近い距離のせいなのか、くすぐったそうに笑っている。見れば、確かに口の横あたりに、白い毛が何本か伸びている。

新平は、かっ、と笑い、妻の白い頭をなでた。

そして、新平はくるりとこちらを向いた。

「この本をお読みのみなさん。こんな家族は、嫌だとお思いでしょう？

でも、この家族は実在します。

都内にある昭和の建売住宅で、今日も老いた私が、老いた妻の世話を焼いています。

いざとなったら、息子たちがちゃんとするだろうなんて、そんな甘い期待はもうかけらもありません。

いずれ私に介護が必要になったら、さっさと全財産を処分して、施設に入ろうと決めています。

もしそれで息子たちが困るなら、困ればいい。

でも、今はまだこの家で妻の面倒をみなくちゃいけません。そこまでが私の人生の仕事、と覚悟しています。

私、明石新平は九十四、妻の英子は九十三歳になりました……」

解説

木内 昇（作家）

なにごとにも動じず、他者にはおしなべて寛容に接し、心穏やかに過ごしている。一方で、ここぞというときには含蓄ある言葉を差し出し、時には身を挺して大切なものを守る――若かりし頃の私は、高齢者に対して、そんなイメージを抱いていた。

長く生きれば、それだけ経験値は上がる。物事の本質を見抜く目や、困難に突き当たったときの切り抜け方、その他各種ノウハウも身につけているはず。俗世のしがらみから解き放たれ、悟り、達観し、悩みとは無縁の別天地に到達しているに違いない。

一歩進んでは壁にぶつかり、三歩後ずさっては落ち込んで、と四六時中右往左往し、懊悩（おうのう）にまみれていた二十代、三十代の頃、早くそんな「聖人」域にたどり着きたいものだと願っていた。もっと言えば、「その歳まで生き延びて、徳のあることを言うなり行うなりして他者から崇められたい。昔話に登場する長老のように」と憧れてさえいたのだ。

ところがどうだ。自分が初老といわれる歳になり、また、八十を過ぎた親などと接するにつれ、長らく抱いていた老人像はあえなく瓦解したのである。歳を重ねても悩みは尽きないし、心配事も容赦なく降り注いでくる。むしろ、若い頃より悩みの質は深刻度を増している。

介護、病気、不調、疲労、金欠、孤独……。

無駄に怒りっぽくなった親と、互いの正当性をぶつけ合う丁々発止の口論をした晩の虚しさといったら。嗚呼、恋煩いで眠れぬ夜を過ごした、あの頃が懐かしい。

街を歩けば、「死ぬにもお金がかかるんだから」と杖で地面を突きながら忌々しげに語る紳士や、「後期高齢者だって。失礼しちゃうわねっ」と憤るご婦人、「娘（息子）なんて、まったく当てにならないって」と鼻の頭に皺を寄せて語らう老輩の集団などに出会うこと頻々である。

かような現象を目の当たりにするたび、悟りなどというものは、生きている限り開けることはないのだろうと、考えを改めないわけにはいかなくなった。

本書に登場する新平もまた、九十の声を聞いた今なお、頭の痛い問題をいくつも抱えている。引きこもりの長男・孝史、スカートをはく次男・建二、借金まみれの三男・雄三という三人の子はそろって未婚、当然ながら孫はいない。すでに家を出ている建二があれこれ気を利かせて一家の程よい緩衝材になってはいるものの、五十前後の同居の息子たちの面倒を見、認知症の症状が見受けられるようになったひとつ年下の妻・英子の言動に気を揉む日々だ。

状況だけ羅列すると、社会現象ともなっている８０５０問題を想起するかもしれない。だが物語は、悲愴で重々しい方向へは転がっていかないのだ。ままならない現実を抱えながらも、ルーティンの散歩に出掛ける新平の様子は、不思議と愉快で豊かに見える。

椎名町（しいなまち）から池袋辺りまで気ままに足を延ばし、行きつけの喫茶店で一休み。ハンバーグランチやオムライスをぺろりとたいらげる健啖家。店員（女性）や客（女性）と会話を楽しんだのちは、名建築巡り。建設会社を営んでいたから、その方面には詳しいのだ。かつての事務所であるアパートの一室には、「お宝」のヌード写真集やエロビデオのストックがあり、お茶と甘味をお供に趣味を堪能。

お土産に饅頭を携えて、夕飯までには帰宅する。

親しい友人はほとんど死んでしまったし、妻の英子は新平が出掛けるたびに、女のところだろうと疑い続けている。孫不在のため、いずれこの家をどうするのか、との重要課題ものしかかるが、正月におせちをつつきつつ、「絶えますねえ、このまま」などと家族で呑気に言い交わすばかり。

やっぱり新平の置かれた環境は、どう見ても難題含みだ。それなのに彼の日々は、魅力的で愛おしい。読んでいるこちらも、知らず識らず笑みを浮かべて散歩に付き合うことになる。

これこそが、藤野千夜の、他の誰にも真似できない凄さなのだと思う。

取り立てて大きなことが起こるわけではない日々を描いて、読む者を惹きつけるのはなにより難しい。

波瀾万丈で劇的な人生であれば、その出来事を書き連ねるだけでそれなりに形にはなるだろう。だが平凡な日常は、そのまま描けばひどく退屈なものになってしまう。といって、過剰に描写や演出を施せば暑苦しいファンタジーになりかねない。誰もが味わっているのに、ひとつとして同じものがないのが暮らしである。だからこそ、実感をもって著すのはたやすくないのだと思う。

けれど藤野氏の小説は一貫して、この塩梅が絶妙なのだ。けっして特別ではない人生を、その日々を、立体的に描き切る。人生訓的なしかつめらしさに頼ることなく、特有のユーモアをもって。本書でも、新平が「ばあさん」と呼びかけると意地でも「おじいさん」とやり返す英子や、無責任で万事他人事な雄三の言動には、何度も吹き出した。小説を読んでいて、声をあげて笑ってしまうことはめったにないが、彼女の作品ではそれも珍しくない。

最初に読んだ藤野作品は、「父の帰宅」(『彼女の部屋』所収)という短編だった。八年前に亡くなった父親が、ある日突然、現れるところから物語ははじまる。ともすれば、お涙頂戴の方向に走りかねない設定である。あのとき言えなかった感謝や本音などを伝え、滂沱たる涙にくれて抱き合いかねない状況でもある。が、「父の帰宅」の家族は、そういうステロタイプの反応はしない。戸惑い、驚き、喜びながらも、単なる「久々の再会」よろしく、淡々と互いの近況報告などをしつつ食卓を囲み、風呂に入り、夜更ければそれぞれの寝室で休む。母親は自分のために父親が帰ってきてくれたと浮かれるが、社会人である子供たちは、父親がまだ滞在しているにもかかわらず、自分たちの暮らしに戻っていく。

二十年近く前にこの短編を読んだとき、実際に亡くなった人に会ったらこんな感じだろうな、としみじみ納得した。と同時に、この作家は信じられる、と（エラソーで恐縮だが）強く思った。人の在りように、都合のいい嘘をつかない小説だと感激したのである。自分がまだ小説を書きはじめる前だったこともあり、一読者として、とてつもない宝物をもらったような気分だった。

　爾来（じらい）、藤野作品を楽しみに読んできたが、一度もその信頼を裏切られたことはない。『編集ども集まれ！』の漫画編集者たちの真剣なのにどこか滑稽な様子も、『団地のふたり』の五十代独身ノエチと奈津子ののほほんとしたやりとりも、いつしか自分もその場にいるような心地で浸っている。

　ことに短編集『願い』は、現実に息苦しさを覚えたとき、必ずといっていいほど読み返してきた一冊。ここに収められた「散骨と密葬」に登場する新平と英子が、新たな形で本書に立ち現れたことに気付いたとき、物語がいっそう身近になった。

　戦争の記憶、事業の失敗、新平の浮気、それによって生じた夫婦の軋轢（あつれき）、ひ弱な長男を案じる英子の入信——新平の人生は穏やかでも華やかでもない。そうして物語が進んでも、一家の問題がきれいに解決することもない。長男は引きこもったままだし、三男の借金は減る気配がない。介護の必要が出ても、息子たちが積極的に関わることはなさそうだ。英子に至っては、かつての夫の裏切りに対する怒りを、年々増幅させているようにも見える。

それでも生きている限り日々は続いていくし、新平はやっぱりてくてく歩くのだ。難題だらけの現実から逃げるためではなく、たぶん自らの生きているこの世界を、現実を、味わうために。

靴の散らかった玄関。階段に積んである段ボール。出来合いのもので簡単に済ますと言いながら煮物だけはどっさり作られるおせち——愛おしい日常の風景が、ここにはたっぷり詰め込まれている。

人生はおそらく、すかっと美しくかっこよく送れるようにはできていない。歩んできたあとには、後悔だの失敗だの恥だの消沈だの残滓(ざんし)が、これでもかと落ちている。しかし、「生まれてすみません」と殊勝に省(かえり)みるには、生きてきすぎているのが老年なのだ。

前に進むのは憂鬱だし、後ろを振り返るのは恐ろしい。だからこそ私は、藤野千夜の小説を開く。そこに棲む人々と共に時を過ごし、自分も今まで通りこの世界にいていいんだな、と心底安心する。彼女の紡ぐ物語には、失敗続きで課題満載の人生を、静かに肯定してくれるようなやさしさと強さが、至るところにちりばめられている。

シビアな現実に突き当たり、立ち止まってしまったら、薯蕷饅頭（じょうよまんじゅう）をお供に、新平の散歩に付き合えばいい。きっと再び、目の前の景色は息を吹き返し、鮮やかな彩りを取り戻すだろう。

本作品は二〇二〇年十二月、小社より単行本刊行されました。

双葉文庫

ふ-22-03

じい散歩

2023年8月 9日　第 1 刷発行
2024年3月11日　第13刷発行

【著者】
藤野千夜

【発行者】
箕浦克史
【発行所】
株式会社双葉社
〒162-8540 東京都新宿区東五軒町3番28号
［電話］03-5261-4818（営業部）　03-5261-4831（編集部）
www.futabasha.co.jp（双葉社の書籍・コミックが買えます）
【印刷所】
大日本印刷株式会社
【製本所】
大日本印刷株式会社
【カバー印刷】
株式会社久栄社
【DTP】
株式会社ビーワークス

【フォーマット・デザイン】
日下潤一

ISBN978-4-575-52679-0 C0193
Printed in Japan

JASRAC 出 2304542-413